SWEET

PRIVATE

KITCHEN

凉桃 著

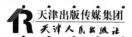
天津出版传媒集团
天津人民出版社

图书在版编目（ＣＩＰ）数据

甜甜私房萌厨 / 凉桃著. —— 天津：
天津人民出版社, 2015.7（2020.3重印）
ISBN 978-7-201-09432-8-01

Ⅰ.①甜… Ⅱ.①凉… Ⅲ.①长篇小说 - 中国 - 当代
Ⅳ.①I247.5

中国版本图书馆CIP数据核字(2015)第128961号

甜甜私房萌厨
TIANTIAN SIFANG MENGCHU
凉桃 著

出　　版　天津人民出版社
出 版 人　刘　庆
地　　址　天津市和平区西康路35号康岳大厦
邮政编码　300051
邮购电话　（022）23332469
网　　址　http：//www.tjrmcbs.com
电子信箱　reader@tjrmcbs.com

责任编辑　玮丽斯
装帧设计　芬　子

制版印刷　三河市华东印刷有限公司印刷
经　　销　新华书店
开　　本　660毫米×960毫米　1/16
印　　张　16
字　　数　180千字
版权印次　2015年7月第1版　2020年3月第2次印刷
定　　价　42.80元

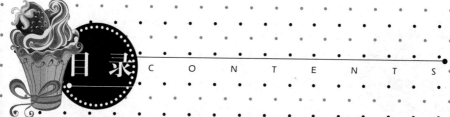

目 录

CONTENTS

目 录
CONTENTS

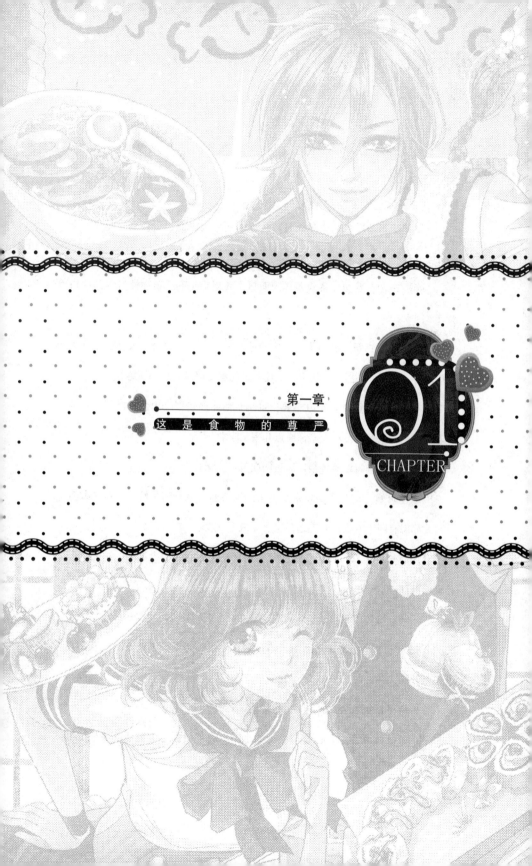

第一章
这是食物的尊严

01
CHAPTER

甜甜圈、奶油面包、牛角面包、红豆面包、肉松面包、巧克力面包、全麦面包……

"嘶——"看着面前各式各样的面包，我用力把马上就要淌过嘴角的口水吸了回来。

加油，加油！新产品的推销一定会成功的！就连我这个天天做面包的大师都被自己的杰作征服了，我不相信还有谁能忍受得了它们的诱惑！

"走过路过的朋友，千万不要错过啊！甜甜面包屋又出新产品了，不管是老朋友，还是新朋友，大家都快点儿来试吃啦！"

"哎呀，山外青山楼外楼，甜甜的面包最美味！"

"这位阿姨，这是我最新研制出来的绿茶面包哦！清热解毒，纤体瘦身啦！就算您有四十八岁，吃完之后也会变成十八岁啦！"

"还有这位美女，鲜嫩多汁的草莓绝对是美容养颜的上品哦，再加上一杯猕猴桃汁，啧啧……"

"天啊，这位大叔，您真识货啊，这款心形的肉松卷绝对是……"

我把想了一个晚上才琢磨出来的豪言壮语在脑海里又细细过了一遍，正准备张开嘴大喊之时——

什么情况？我的全麦面包、肉松面包，还有……

前一秒还满满当当、色香味俱全的水果、蔬菜、面包，突然就像被过境

的台风席卷过一样，失去了半壁江山。

我禁不住倒吸了一口凉气。

幻觉，一定是幻觉！肯定是我最近努力研发新品种太累了，今天又起太早做面包，所以会出现幻觉。

我深深地吸了一口气，用力闭上眼睛，默念"今天的面包真诱人，今天的客人真多呀，刚才一定是幻觉"，然后睁开眼睛，可入眼的是——

牛角面包堆成的小山被夷为平地，就连刚才还满满当当、金光闪闪的甜甜圈小屋也只剩下了一堆残渣，甚至连我悉心雕刻，为了看起来美味又诱人，用水果和蔬菜拼成的山川河流、小桥、人偶也只剩下孤零零的半根胡萝卜，歪歪扭扭地躺在那里。

啊！这到底怎么回事？大白天的，难道遇到鬼了？

脑中的念头刚闪出来，一股寒意瞬间从我的脚底直蹿头顶。与此同时，一个突兀的"咔嚓"声飘进了我的耳中，接着，一个黑乎乎的不明物体堂而皇之地从桌子底下钻了出来。

"啊！"看到这一幕，我情不自禁地发出一阵惨绝人寰的尖叫声，下意识地闭上眼睛，心脏也不受控制地收缩，而两条腿就像被钉子钉在原地一样，无法动弹。

大白天难道还真的闹鬼了？

"吵死了！"

一个不耐烦的声音响起，打断了我的尖叫。

声音来自那个不明物体，而且还有点儿好听呢！

003

平复了慌乱的心情后，我慢慢地睁开眼……我觉得我的呼吸就要停止了！

眼前的这个人，啊不，这根本不是人，这怎么会是人呢？这个不知道从哪里冒出来美丽得不像话的家伙，瞬间驱散了我心里的不安，在这一刻，天空似乎都比之前蓝了，白云也比之前白了。

先前被我称为"黑乎乎"的东西，就是他那头堪比洗发水广告的乌黑柔亮的长发……对，就是长发，并且还扎成了一条辫子垂在脑后。而他的穿着也十分……嗯，有个性，一件白色长袍，当然，长袍下还有裤子，外套是一件红色马褂，脚上穿着一双黑色老北京布鞋，再加上精致的五官，虽然不符合现代潮流，但古风美男的画风让我倒吸了一口凉气。

再看他的五官，卷翘的睫毛，狭长漂亮的眼睛，高挺的鼻梁，棱角分明的嘴唇像极了进食的猫，一双手更是白皙修长。而现在，他那双漂亮得简直不像话的手，就那样一块又一块地把我精心烘焙出来的面包和切成各种形状的水果塞进嘴里，然后快速咽下去。

面包、水果、嘴……

当这样和谐又美好的画面在我的脑海中停留了一分钟之后，突然，一个巨大的声音在我的脑海里响起。

郝甜甜，你怎么了？他快要把你的东西吃完了！

对啊！

对什么对！

啊啊啊——

结束脑海里的小剧场，我猛地惊醒过来。

郝甜甜，你真是傻啊！你怎么可以被美色迷惑？没错！难道漂亮就了不起吗？长得好就可以为所欲为吗？就算你是天仙下凡，就算是吸血鬼家族中的美男重现人间，也不该把我还没有开始的新品试吃会搞砸啊！

"等一下！"就在这个不知从哪里冒出来的家伙正准备把手伸向我的酸奶果汁时，我迅速把它藏到了身后，义正词严地瞪着他，"你不要太过分了，新品试吃会还没有开始，你怎么可以……"

我的话还没说完，突然卡壳了。

天啊！我简直要被自己气死了，我明明应该是雄赳赳气昂昂地讨伐侵略者的正义使者，然而现在，我竟然因为眼前的人微微皱起的眉头而吓得后退了。

握拳，立正，抬头，挺胸，郝甜甜，加油！

"这些东西是我的，你不要因为自己……"

给自己加油打气后，我再次开口，不过对方露出一副"不给我吃就打你"的表情，让我再次结巴了。

"怎么啦？怎么啦？"

就在我吓得两腿直哆嗦，要把酸奶果汁递过去的时候，身后响起了老妈的声音。与此同时，身在天堂的老爸的声音也在我的耳边响起——

甜甜，你一定要替爸爸好好照顾妈妈，不要让她被别人欺负。

回想起老爸的话，我猛地打了个哆嗦，顿时像打了鸡血一样，整个人再次充满了力量。

"老妈，没事，您怎么出来了？家里的面包烤好了吗？不是让您看着温度表吗？"我挡住试吃台上的狼藉，回过头对紧张地跑过来的老妈微笑道。

"哦！"老妈转了转眼珠子，有些不好意思地搓着围裙的边角，讷讷地开口，"那个……甜甜，让我看着温度表没问题，但是，刚才我不小心碰了一下温度表，于是……"

老妈的话还没说完，一种不好的预感瞬间侵袭我全身的每一个细胞。

果不其然，老妈吞吞吐吐了半天之后，不好意思地说道："甜甜，都是我不好，把面包烤焦了……"

老妈的声音越来越小，头也越埋越低，愧疚之情溢于言表。

我深吸一口气，满心的悲愤，但是想起了老爸临终前的嘱咐时，于是我笑着安慰道："没关系，我重做就好了！"

"好！"听到我的回答，上一秒还情绪低落的老妈抬起头，冲我微微一笑，"真是太好了，甜甜不嫌弃妈妈，妈妈就心满意足了。妈妈保证，下一次一定努力做好。"

唉，有一个天然可爱的老妈，究竟是幸还是不幸啊……

老妈完全无视我像变色龙一样的表情，在一番慷慨陈词之后，突然眨了眨眼，左看看，右看看，而后不可思议地指着我的身后，说道："甜甜，今天这么早就这么多客人啊，我们准备的试吃品都被吃光了！"

老妈越说越激动，抓住我的手，两眼泛着泪光，变得语无伦次了："真是太好了，甜甜，我就知道你不会让你爸爸失望的，你一定可以做出美味又新意十足的面包，一定会成为最优秀的糕点师！呜呜……你一定会把我们家的面

包……"

老妈说着说着，突然抱住我，开始痛哭出声，一大滴冷汗在我的额前滑下。

又来了，又来了……我都不知道怎样才能安慰我这个泪腺发达到如此地步的老妈了。

"还有没有！"正当老妈哭得上气不接下气，各种欣慰和感伤的话频出之时，那个不耐烦的声音再度响起。

老妈一个激灵，猛地抬起头，也止住了哭声，而后不好意思地抹了抹眼泪："不好意思，失态了，这位客人，你觉得我们的面包……"

"还有没有……"那家伙烦躁地挥手打断了老妈的问话。

看到这一幕，我忍不住皱起了眉头，一股怒火冲到胸口。

哼！这家伙真是太没礼貌了，跟长辈说话怎么可以这么凶神恶煞？本姑娘不发威，我怕你是不知道花儿为什么这样红……

"还有还有，你等一下，我去店里拿出来。"就在我挽袖子准备上前教训他时，老妈已经笑意盈盈地转身往店里走去。

喂，老妈，给点儿面子啊！我刚刚放了狠话，你转眼就这么配合，我会被别人嘲笑的啊！

我被彻底无视后，像风一样来去的老妈端着一大盘面包急匆匆地来到我的前面，然后二话不说，把盘子递到了那个没礼貌的家伙手里。

"谢谢！"那家伙盯着盘子里的面包说道，而后抬起头冲着老妈微微一笑，抓起面包就往嘴里塞。

谢谢？是我的耳朵坏掉了吗？我竟然听到这个没礼貌的家伙说谢谢？上帝作证，我简直不敢相信自己的耳朵，也没办法把那个理直气壮地向别人要食物，不给就要打人的家伙，和眼前这个因为得到食物而浑身上下充满了温驯气息，就好像咬到骨头的小狗一样的家伙联系在一起。

就在我左思右想，以为自己真的思维错乱，脑袋被外星人袭击了的时候，老妈一伸手把我手中的果汁酸奶拿走了，然后递给那个在十几秒内消灭了两个牛角面包的家伙，笑眯眯地说道："慢点儿吃，慢点儿吃，别噎着！"

那家伙眼睛闪闪发亮，十分可爱地冲着老妈再度点头微笑。

"真是个漂亮的孩子！"老妈不由得发出一声感叹，伸手替脸上满是面包渣的家伙捋了捋头发，接着说道，"要是不够，阿姨再去给你拿！"

"嗯！"温驯、乖巧又可爱的声音传来。

"甜甜啊，快去拿一些别的面包过来……"正当我惊叹那家伙和老妈有得一拼的变脸技术时，老妈的声音再次响起。

"我要吃这个！还有这个……"

听到老妈发话，那个家伙指了指"残渣江山图"上的几个位置，并用讨好的目光看向老妈。

"好的好的，都有，看把这孩子饿得……"老妈微笑着回应，然后转过头催促我，"甜甜，快去啊，还愣着干什么？"

好吧，有一个爱心泛滥的老妈真不是一件好事啊！

就这样，在老妈的指使之下，我——郝甜甜，本书唯一的女主角，化身小跑堂，端着盘子，来来回回穿梭于厨房和门外小摊。终于，在厨房连面包渣都找不出来的情况下，那个像被猪八戒附体的家伙拍了拍圆滚滚的肚子，心满意足地打了个饱嗝。

"吃饱了？"我没好气地问道。

"你们家的馒头做得太棒了，不但样式新鲜漂亮，味道也非常好，就连皇宫里的御厨都做不出这样的味道和花样来！"对方闻言点点头，一脸满足地回答道。

哼，吃饱喝足了，还知道吹捧人了。

看着连渣都不剩的盘子，我心中的那团怒火越来越旺，只差朝他咆哮：吃饱了还不赶紧走人，站在这里当"望夫石"啊！

这家伙不但吃光了我所有的试吃品，还把我今天的早餐都吃掉了，就算他那张嘴说得天花乱坠，我也不能原谅他的恶行！而且看他那云淡风轻的表情，搞得自己好像真的去过皇宫一样。

我一边心痛地收拾着空空如也的盘子，一边愤愤地诅咒这个浑蛋，希望他走路掉进下水道，吃方便面没有调料包，坐公交车永远都是站着，啊不，我还希望他上厕所忘带手纸！

等等，馒头？我们家卖的明明是面包好吗！难道是我听错了？唉，果然最近太劳累了……不过，说实在的，这家伙的声音还真好听。

收拾完，我抱着一大叠盘子正准备转身离开，那个吃光我所有面包的家伙突然冲着老妈抱拳说道："晚辈鹿鸣野，多谢大婶今日赠饭之恩。大婶的恩情容晚辈来日再报。晚辈和爷爷走散了，现在要去找爷爷，后会有期。"说完，他又腼腆一笑，朝老妈鞠了一躬。

"喀喀——"见到他这副模样，我被自己的口水狠狠地呛了一下。

就算是留着长发、穿着古装，说话也不用这么文绉绉的吧！

看着那个慢慢离去的背影，我禁不住抽了抽嘴角。

"大婶？大婶？"正当我努力把自己的思绪从那文绉绉的古装情景剧中拉回现实的时候，老妈突然抓住我的胳膊，忧伤又郁闷地问道，"甜甜，刚才那孩子竟然叫我大婶，我真的很老了吗？"

夕阳西下，忙碌的一天终于过去了，今天绝对是我有史以来最忙的时候。要不是那个叫什么鹿鸣野的奇怪家伙吃完了我所有的试吃品，我也不至于又重新做了一遍，以至于忙到现在连口水都没喝。

不过话说回来，除了早上那一劫，今天的试吃会还算成功，连老妈都说我做出来的面包越来越有爸爸的味道了。也许有一天，说不定我也能拿到那个最佳料理奖。

"啊，有贼！"正当我胡思乱想之际，突然，老妈的惊叫声从店外传来。

什么！贼？在哪里？

听到老妈的声音，我猛地回过神，利落地锁上店门，边朝老妈冲去边喊道："老妈，别怕，我来了！"

此时天色还不算晚，由于老妈站在靠近灌木丛的地方，远远地，我只看见一个黑影。鉴于老妈爱哭、胆小的性格，我早已锻炼成先下手为强的女汉子，加上老妈的声音实在太过惊悚，我直接抡起挎包就朝那个黑影砸去，还把

尖叫的老妈拉到身后。

我打，我再打，竟然还敢挡，你这可恶的贼！

"哎呀，甜甜，等一下，这人好像不是贼……"正当我打得起劲满头大汗的时候，老妈怯怯地开口。

听到老妈的话，我立刻停下手里的动作，然后定睛一看，只见那个被我打得躲在角落里的家伙正用手抱着头，只露出两只眼睛看着我。

这个眼神好熟悉啊！

"大婶，是我，晚辈鹿鸣野！"终于得到喘息的机会，"黑影"可怜兮兮地说道。

什么！鹿鸣野？

我保持着手举挎包的姿势，难以置信地看着慢慢露出整张脸的黑影。

鹿鸣野起身后，眼中的泪水直打转，并且像是怕了我一样，向老妈的身旁移动了一小步，那眼神像极了安叔叔家的吉娃娃，让人看了心软，有气没处发。

这家伙一定是知道老妈心软，所以故意演戏的吧……不过，他刚才看我的眼神是什么意思？怎么搞得我像怪物一样？明明是他鬼鬼祟祟，才让人误会的好不好！

"原来是你啊！"老妈一边帮鹿鸣野整理着头发，一边安慰道，"不用怕，刚才只是一场误会，是误会……"

"嗯嗯！"鹿鸣野乖巧地点了点头，咬着唇，再次瞥了我一眼。

老妈顺着他的目光看过来，恍然道："哎呀，是不是甜甜打伤你了？哪

里疼，告诉阿姨……"

"这里……这里……还有这里……"鹿鸣野的手指在身上指来指去，最后委屈又可怜地看着老妈。

"哎呀，真是的，甜甜，你怎么可以这么用力打小野啊……瞧瞧，好像破皮了，还有这里都出血了，真是太可怜了。甜甜啊，你太野蛮了知不知道……"

小野？老妈，什么时候你跟他这么熟了？再说了，如果不是你喊"有贼"，我会饥不择食……不对，是饥不择手，好像也不对，算了，管他的，反正我才是最无辜的那个好不好！怎么什么事都怪到我头上来了？

两人叙完旧后，老妈突然想起了什么似的，恍然道："我记得，你说你去找你爷爷了，那你现在找到了吗？"

听到老妈的问题，我忍不住翻了个白眼——当然，是在老妈看不到的地方，不然指不定她怎么哀怨呢。这种用脚指头都能想到的答案，竟然还要问？鹿鸣野要是找到他爷爷的话，怎么可能一个人出现在这里？

果然，我脑海中的念头刚闪过，鹿鸣野可怜兮兮的声音便缓缓响起："晚辈找了一天，都没能找到爷爷他们……不知道……"

"那个……"

"啊！"赶在老妈回答前，我抢先道，"不如这样吧，我带你去公安局，到那里会有警察叔叔帮助你的，你刚好可以把你家人的情况和他们说一下，做个备案。"

他还真是高手啊，竟然欲言又止，摆明就在等我老妈挽留，还好我机

智！

"请相信我，有困难找警察不只是标语啊！"不等老妈再说什么，我边把包和钥匙塞到老妈的手里，边做决定，"老妈，我去去就回。您先回去吧，今天累了一天，一定要好好休息！"

"可是……"

"老妈，放心吧，我一定会好好照顾鹿鸣野的，让警察叔叔尽快帮他找到家人！"说完，我赶紧拉着鹿鸣野直奔公交站。

谢天谢地，还算我头脑灵活，反应敏捷，要不然按照老妈的个性，肯定会把鹿鸣野这个奇怪的家伙留下来。

"你们这里的大马车好奇怪啊！"等公交车的时候，鹿鸣野突然说道，"我连一匹马都没有看到，它竟然能走这么快！"

大马车？什么东西？

我一头雾水地看向鹿鸣野，只见他正好奇地瞪着眼睛，两只手紧紧绞在一起，不知道是因为兴奋，还是因为好奇，整个人都处于一种莫名的激动状态。

"那是什么？一闪一闪的，像烟花一样！"鹿鸣野指向不远处的霓虹灯问道。

"……"

"还有那个黑色的方块是什么东西？为什么大家都对着它说话，而且还有说有笑的！"

"……"

"天啊！"鹿鸣野突然抓住我的手，指着对面的大屏幕说，"快看，那是什么？里面一会儿出现这个，一会儿出现那个，大马车也在上面！还有那个可以说话的东西也在……太不可思议了，那个东西竟然还能发出声音！"

"……"

"对了，你们这里的房子为什么都那么高，大家是怎么上去的？"

"……"

此时正值下班和放学高峰期，鹿鸣野的话引来无数人的打量。

"唉，真是可怜啊，长得那么漂亮，竟然是个傻子……"某位阿姨感叹道。

"上天帮你开启一扇窗的时候，未必会帮你打开一扇门啊！"另一位叔叔接着说道。

我顶着满头的黑线，看着大家疑惑的目光，听着大家叹息的声音，刚准备开口制止鹿鸣野这种一看到什么东西就大惊小怪，像是从原始丛林走出来的原始人一样的行为时，不料他又开始自言自语了。

"真是好奇怪啊，明明那里一点儿水都没有，放那么大的水车做什么？"

水车？我顺着鹿鸣野的目光望去，看到他所说的"水车"时，再次满头黑线。

什么水车，那叫摩天轮！摩天轮懂不懂！没吃过猪肉也见过猪跑吧，那可是韩剧和动漫里浪漫情节必备道具。

不过，我怎么有种混乱的感觉？鹿鸣野这个家伙是留着长发、穿着古装

没错，说话喜欢自称在下、晚辈之类的也没有错，反正大千世界无奇不有，现在正是cosplay（角色扮演）流行的年代，就算是走火入魔也不稀罕，但是这也太敬业了吧，没必要把自己搞得真的和古人一样啊！

就在我抹了一把冷汗的时候，我们的"大马车"终于到了……啊，我竟然被这家伙带着走了。

公交车刚停下，我赶紧拉着喋喋不休、两只眼睛堪比铜铃、甚至还放出幽幽绿光的鹿鸣野跳了上去。

"甜甜姑娘，原来这个大马车可以坐这么多人啊！"上车后，鹿鸣野扯着正在投币的我兴奋地说道。

他这么一喊，整车的乘客都齐刷刷地朝我们望了过来，我简直恨不得找个地洞钻进去。

"这个人疯了吗？"

"哎呀，大叔，你这就不懂了，这叫时尚！"

"我看是疯了，什么烤鱼烤虾的！"

"没办法，现在的孩子就喜欢标新立异，引人注意，想出名想疯了吧！"

一时间，车厢内的人发出了各种各样的议论声，就连司机都不时通过后视镜看过来。

听着周围的声音，再对上鹿鸣野无辜的双眼，一种从未有过的无力感从我的心底慢慢升起。

天啊，我是脑袋被驴踢了才这么"好心"地带他去警局吗？谁来救救我

啊！

也许是天上的老爸听到了我的呼唤，就在此时，我的手机响了起来，我掏出一看，正是我的死党刘欢心发来了短信——

欢欢喜喜过大年：告诉你一个好消息！

甜甜面包屋：快说，忙着呢！

欢欢喜喜过大年：别装了，现在都打烊了好吗！

甜甜面包屋：……

欢欢喜喜过大年：还记得我前段时间跟你说过的那个大帅哥千允澈吗？他要转到我们学校了！

千允澈？我在脑海中快速搜索着和这个人有关的信息，很快，一个非常重要的信息冒了出来。

天啊！那可是我的偶像，著名美食评论家陈秋老师的儿子啊！

甜甜面包屋：是陈秋老师的儿子啊？神啊，上天真是太眷顾我了，竟然可以和偶像的儿子同校，是陈秋表示以后我就有机会见到偶像了？

欢欢喜喜过大年：现在是大白天好吗！而且像陈秋老师那样的人，每天都忙着在各种美食大赛中当评委，还要去录制电视节目，哪有时间出现在我们学校啊！

"甜甜姑娘，你也有那个神奇的黑色盒子啊！"正当我准备回刘欢心一个愤怒的表情时，鹿鸣野探过脑袋，夸张地叫道。

"你真不认识这个？"我指着手机问道。

鹿鸣野乖巧地摇着头，一脸的诚恳。

不是吧！难道这家伙真的不认识手机？他真是从外太空或者原始丛林走出来的吗？

不知道鹿鸣野那个家伙是不是上天派来故意捣乱的，一路上，几乎遇到什么就问什么。最可怕的是，他竟然喜欢上了我的手机，对于那款飞车游戏，更是爱到极致。

临下车前，我好说歹说才把手机从他的手里骗回来。

下车后，我带着鹿鸣野往公安局走去。刚到公安局门口，我们就被一个警察叔叔拦住了。

"小姑娘，我们领导不在，还有我们不参加武侠片的拍摄……"

"嘎嘎嘎——"仿佛有一只乌鸦从我的头顶盘旋而过。

好一会儿我才反应过来，赶紧解释道："警察叔叔，不是这样的，我们是来报案的！"

"报案？"警察叔叔一脸狐疑地看向鹿鸣野，估计是在想，别人没举报你们都算好了，你们还要举报谁？

"警察叔叔，我们真的是来报案的，我这位朋友和家人走失了，需要你们的帮助！"

看懂警察叔叔眼中的疑惑后，我的神情越发严肃，顺带换上一副焦急万分的表情。

作为老妈的女儿，我还是有那么一些表演天赋的。

"真的？"警察叔叔依旧打量着鹿鸣野。

"当然是真的啊！"我一边回答，一边暗暗掐了一下不知道在看什么的

鹿鸣野。

"干吗？"鹿鸣野回过神问道。

"你不是要找你爷爷他们吗？还不快跟警察叔叔说一下。"

哦，上帝！我快要眼部抽筋了，这家伙怎么还不明白我的良苦用心啊！

听到我的话，鹿鸣野挑了挑眉毛，沉默了一会儿才指着警察叔叔问道："跟他说有用吗？"

"啪！"鹿鸣野的话像是一记如来神掌，直接把我拍到墙上，抠都抠不下来了。

"当然有用啦！"在警察叔叔转身欲走之前，我赶紧死死地拉住他哀求道，"警察叔叔，真的，真的是他啦，他这个人就是这样，不会说话，而且有点儿奇怪。您看他能把衣服搭配成这样，就知道他这里有点儿问题啦，但是他真的跟家人走失了，需要帮助啊！"

我在这里苦口婆心，鹿鸣野却自顾自地四处打量，对于我的眼神暗示完全视而不见，搞得好像和家人失散的是我一样。

哼，这个家伙！真是气死我了！

"好了，你们跟我进去吧！"终于，在我不懈的坚持下，警察叔叔总算相信我们是来求助的。

见此，我赶紧点头如捣蒜，拉着鹿鸣野往里走。

天啊，我就要摆脱这个原始人了！

在面包房待上一天都没这么累。

俗话说好事多磨，而像鹿鸣野这样的"困难户"，找家人一定也不是一件容易的事。

"姓名？"

"鹿鸣野！"

"性别？"

"你看不出来吗？"

"年龄？"

"十七。"

"家庭住址？"

"紫禁城，御厨世家。"

"职业？"

"御厨。"

正当我左顾右盼，满脑子都想着赶紧甩掉这个家伙的时候，却不想正奋笔疾书的警察叔叔突然停下了笔，而后"啪"的一声把笔用力地拍在桌子上，嘴角扬起了笑容。

"我说小朋友，你们两个是来捣乱的吧？"

"捣乱？当然不是！"听到警察叔叔的话，我赶紧否认，然后站直身子，举起手做发誓状，"我们是真的来报案的！"

你看我这真诚、焦急，想要把鹿鸣野这个奇怪家伙打发走的眼神就知道，我是多么希望您能帮助我，啊，不是，是帮助我们！

"你确定要报案？"警察叔叔大有掀桌的架势。

"紫禁城，御厨世家，你确定这是你朋友家的住址吗？"警察叔叔将笔

录推到了我面前，继续说道，"你们这样可是在扰乱公安机关的正常工作秩序。"

看到笔录上的信息，我也愣住了，警察叔叔见此，挥着手就要让我们出去。

"鹿鸣野，你不是在玩我吧？"我已经无法用语言来形容此刻的心情了，这……这都是一些什么玩意儿啊！

"难道住在皇宫有错吗？"鹿鸣野依旧一脸淡定，十分认真地问道。

不要入戏太深啊！住皇宫是没有错，但是你确定你真的住在皇宫吗？而且，皇宫是皇帝住的地方好吗！这年头哪还有皇帝呀！

此刻的我就像被雷劈到了一样，鹿鸣野这个家伙到底是怎么搞的啊，就算喜欢玩cosplay（角色扮演），也不用来公安局开玩笑吧！

"好了，别再说了，你们赶紧走吧！"警察叔叔已经无语了，指着门口开始下逐客令。

"警察叔叔，我们真的是来报案的啊！请您相信我，他真的是找不到家人了，需要帮忙，可能他表达得不是很清楚。您看他都这样了，要不就收留他吧！"

什么叫舌战群儒，什么叫千里走单骑，什么叫背水一战，此刻的我俨然已经化身为那个能把死人说活，甚至把整条河的鱼都气得翻白眼的九品芝麻官了。

"好吧，接着来……"十分钟之后，警察叔叔无奈地说道，"姓名！"

"鹿鸣野！'呦呦鹿鸣，食野之苹。我有嘉宾，鼓瑟吹笙。'"怕鹿鸣

野不配合，我连忙高声回应道，"警察叔叔，刚才我们不是已经问过这些问题了吗？不如就直奔主题吧！"

"好吧，那……你是怎么和家人走失的？"

说到家人，鹿鸣野思索了一下后，才勉为其难地开口讲述事情的来龙去脉。

其实故事很简单，鹿鸣野，这个自称生活在天元朝的孩子，祖上世世代代都是给皇帝做饭的，因此皇帝还亲赐了"御厨世家"的牌匾，而他正是这光荣的家族里第三百四十二代传人，坊间称其为"天才厨师"，跟爷爷坐船出海去他国寻找美食，谁知遇到海啸，于是跟爷爷失散了。

故事讲完，警察叔叔"啪啪啪"地鼓起了掌，而后脸色一变，怒喝道："还说不是来捣乱的，你们两个赶紧离开！"语毕，又指着我说道，"还有你，不许开口，要不然把你们两个都关起来。"

荒凉的夜色中，路灯下的影子从矮胖变成高瘦，又从高瘦变成矮胖，就像我此时的心情，起起落落。也不知道走了多久，突然有人扯住了我的手臂，我扭头望去，只见鹿鸣野睁着一双闪闪发亮的眼睛望着我，可怜兮兮地说道："我饿了……"

见到他这副模样，我先前的苦闷一下子没了。唉，谁让我遗传了老爸的良好基因，对于可怜又可爱的东西从来没有抵抗力，就好像老爸对老妈一样。

吃点儿什么好呢？正当我努力寻找饭店的时候，鹿鸣野又扯了我的手臂，并且指着对面巨大的广告牌。

"你想吃汉堡？"看到广告牌上的图案，我问道。

鹿鸣野听后用力地点点头，我的脑海中突然浮现出安叔叔家的吉娃娃摇着尾巴，跳着冲我要苹果的情形。

领着鹿鸣野进了快餐店，按照他的意思，我点了一份套餐。鹿鸣野一副跃跃欲试的模样，似乎对眼前的食物感到很新鲜。

"甜甜姑娘……"就在我们等服务员送餐的时候，鹿鸣野红着脸开口叫道。

"干吗？"这家伙，不会是看我对他这么好，所以以为我对他有意思吧？

"'呦呦鹿鸣，食野之苹。我有嘉宾，鼓瑟吹笙。'这句话你是怎么知道的？"

"啊？"

鹿鸣野的问题让我措手不及，我不解地眨了眨眼睛。

"当时我爷爷给我取名字的时候就是用了这首《短歌行》，你是第一个除了爷爷之外知道我名字来历的人。"鹿鸣野继续红着脸说道。

哦！原来是这个啊，我能说我当时就是顺口说出来的吗？

"这个啊，当然是因为我才华横溢啦！"

"哦！"鹿鸣野听后，竟然相信地点了点头。

就在此时，服务员把套餐送上来了，鹿鸣野迫不及待地拿起汉堡，大大地咬了一口，可是刚嚼了没几下，突然又吐了出来，脸上的表情也骤然变了，简直比翻书还快。

"难吃死了，这是给人吃的吗？"鹿鸣野一拍桌子暴怒道。

周围用餐的客人闻言，个个皱起眉头，齐刷刷地看了过来。见此，我连忙打圆场："那个……鹿鸣野，其实也不是很难吃，可能是因为你刚好不喜欢吃……"

"你给我闭嘴！"鹿鸣野额头上的青筋直跳。

闻言，我忍不住打了个哆嗦，一时也不敢再开口。

"先生……"很快便有服务员走了过来，礼貌地开口。

"这是谁做的？这么难吃的东西，竟然敢拿出来卖钱！"鹿鸣野不等服务员说完，再度暴怒道。

上帝！这家伙到底是怎么啦？不好吃可以不吃啊，换别家就是了，干吗把话说得这么难听？一进门就把所有人都骂了，现在还直指厨师。

在服务员不解的时候，我赶紧上前去拉鹿鸣野，却不想被他一把甩开，我也因此向后退了好几步，差点儿撞到隔壁桌的小朋友。

"对不起，对不起！"我赶紧道歉，然而小朋友的妈妈却一点儿也不给面子，直接端着餐盘拉着小朋友去了别的地方，临走时还不忘狠狠地瞪了我一眼。

我用力地咽了咽口水，视线往四周一扫，才发现餐厅里的客人都用一种很讨厌、很愤怒的眼神看着我，以及我身后的那个人——鹿鸣野。

"这个人好讨厌啊，明明就是他不会欣赏，还说难吃。妈妈，我觉得很好吃哦！"

"现在的孩子真是越来越不像话了，一看就知道正处于叛逆期！跟他一

起的那个女生估计也不是什么好人。"

什么叫我不是好人啊！我可是大大的好人啊！

旁人的猜测让我进也不是，退也不是，就在这时，值班经理终于出现了。

"先生，您对我们的汉堡有什么建议吗？"值班经理脸上挂着职业化的笑容，目光却喷火般死死地盯着鹿鸣野。

"你觉得你们的汉堡还有改进的机会吗？"鹿鸣野嘴上不饶人。

"先生，我们店里的厨师可是特意从国外高薪聘请回来的，难道您能做出更好吃的汉堡？"经理微微一愣，随后笑道。

"哼，崇洋媚外！"鹿鸣野满脸高傲，用高高在上的口吻说道，"虽然我不屑在尔等对手面前掌勺，但为了美食的真谛，我就让你们开开眼界！带路！"

"那这边请！"经理微微一笑，做了个"请"的手势，而后转身对店里的客人说道，"大家如果用完餐没有别的事的话，可以帮我们做个见证，看看是这位先生做的汉堡好吃，还是我们店里的好吃，在这里麻烦大家了！"

一切都发生得自然而然，直到鹿鸣野跟着经理消失在转角处后，我才回过神来。

这家伙难道真要跟经理去做汉堡？

这念头就像一个晴天霹雳，劈得我头顶冒烟，双腿发软，鹿鸣野到底想要干什么啊？

我回过神，赶紧追了过去，然而厨房里里外外早就被人围得水泄不通

了，只有鹿鸣野暴躁得像是要把这里拆掉的声音传来："这是什么东西？这样的烂菜叶，竟然可以用来当食材？"

"啊，还有这个锅，这是用来煎肉的吗？也不怕肉把它煎了。"

"哈，真是一堆破铜烂铁啊，还说什么自己的厨房有多高级，用品有多讲究。"

听到鹿鸣野"惊心动魄"的评论，我用力挤过众人，往里看去，只见鹿鸣野拿着一把明晃晃的刀，嫌弃又厌恶地在空中抛了个圈，而后，刀准确无误地落到了刀槽里，紧接着，他又换另一把……直到把所有刀都舞了个遍，鹿鸣野才从中勉强选出一把最大、看起来又最重的，嘴里念念有词道："这些刀是纸片做的吗？真不知道这里的厨师怎么可以这么将就，怪不得做不出什么好东西……"

看到鹿鸣野狂妄自大的模样，一旁的厨师们早就气得吹胡子瞪眼，甚至有几个握着拳头，恨不得上去揍他。

"郝甜甜，你还站在那里做什么？过来给我当副手！把那个叫汉堡的东西所需要的配料给我拿出来！"

我还在感慨鹿鸣野耍杂技般的手法，他突然把目光转到我身上。闻言，我赶紧跑了过去。

此时此刻，我已经分不清自己到底出于什么心态才这么听话了，也许我是真的希望鹿鸣野能露一手给瞧不起我们的人看看。

"这是什么？"我刚拿出一个鸡腿，鹿鸣野便皱眉问道。

"鸡……鸡腿啊……"看到鹿鸣野的表情，我总觉得自己拿的是一根稻

草，连语气也不确定起来。

"你觉得这样的鸡腿能做出好的味道吗？"鹿鸣野的话音刚落，我手中的鸡腿就被一个东西打掉了。

我低头一看，只见鸡腿上躺着两粒小绿豆，而鹿鸣野则站在原地，居高临下地扫视着所有的食材。与此同时，我偷偷地瞥了值班经理一眼，只见对方那张原本淡定的脸上俨然一副快绷不住的样子。

好吧，碰到这样嘴上不饶人又有恃无恐的家伙，任谁都会被气到吐血。

"还有，这鱼膘也太厚了吧，杀的时间又长，让鱼原本的鲜味和营养都流失了……"

我愣在原地，听着鹿鸣野喋喋不休的抱怨声和挑剔声，以为他至少会说上几分钟时，他突然转身走到鱼缸前。接着，我只觉得眼前一花，便听到"哗啦啦"的声响。仅仅是一眨眼的工夫，我再仔细一看，鹿鸣野手里已经揸了一条活蹦乱跳的大雪鱼。

"哇——"周围响起一阵惊呼声。

很快，令人大跌眼镜的事情就上演了，就像某些电视剧、电影里面的情节一样——只见刀光闪过，"唰唰唰"的声音响起，然后画面定格，主角手中的菜已经切好入盘了。

此刻鹿鸣野手中的鱼就是那个样子。

刚才鹿鸣野比一年一度的美食大赛上的厨师们的手艺都要漂亮许多，啊，不，不光是漂亮，简直就像变魔术一样，比电视上3D后期处理的效果还要棒！是谁说过，会做饭的男人是最帅的？虽然鹿鸣野还是个少年，但是也阻止

不了他帅气地处理手中的食材。

开启好好少年模式的鹿鸣野，全身上下似乎镀了一层白光，安静又利索地制作着食物。就连刚才还议论纷纷的人群，此刻也安安静静地看着那个游走于料理台前的身影。

"好了，你们来试试吧！"鹿鸣野傲慢的声音打破了一室的沉默，然后，他又拿着刀，把盘中的汉堡分成了十六小块。

这刀功也太强悍了吧！手起刀落，所有的汉堡都分好了，这还给不给别人活路呀！

和围观群众一样被震惊住的值班经理最先反应过来，脸上挂着职业化的笑容走上前，率先拿起一块塞进了嘴里。正当大家屏住呼吸，等待他的评价时，却见值班经理微微皱起了眉头，又拿起了一块。

"经理，是不是很难吃啊？我就知道，像他这样的人，能做出什么好东西……"刚才想要揍鹿鸣野的厨师开口道，上前一步拿起一块塞进嘴里。与值班经理相同的是，厨师脸上的笑容消失了，微微皱起眉头，随后退到了值班经理身后。

"到底怎么样啊？"

"想要知道好不好吃，大家一起去试一下不就知道了？"

不知道是谁喊了一声，等待看好戏的人群骚动起来。就在这时，突然有人伸手扯着我的胳膊，把我向后拉了几步，让我免于被涌上来的人群撞倒。

"走吧，没意思！"鹿鸣野有些疲惫地说道，抬脚往外走去。

我也想尝尝，但看了一眼面前混乱的场景，还是打消了这个念头，跟了

出去。不过我刚走到门口，便听到身后的人群发出了一阵阵尖叫。

"这是我吃过最……最好吃的汉堡啦！"

"你怎么可以这样，也给我留一点儿啊！"

"好讨厌，是谁把最后一口抢走了？"

……

第二章
霸道总裁很可爱

02
CHAPTER

走出快餐店，我的耳边依旧回荡着刚才大家的称赞和疯抢的声音，心中犯嘀咕的同时，禁不住扭头望向鹿鸣野，却发现这个刚才目空一切的家伙，此时竟然直勾勾地望着前方，不知在发什么呆。

呃……这家伙该不会是因为没有找到家人，所以心情不好吧。但是这也不能怪我啊，明明是他自己在那里胡说，警察叔叔没告他扰乱国家机关的工作秩序就不错啦！换成是我，指不定直接送他去精神病院呢！不过，话虽这么说，找不到家人的感觉真的很糟！

"鹿鸣野……"我思索许久，小心翼翼地拍了拍他的肩膀，问道，"你接下来打算怎么办？"

"先去你家。"鹿鸣野低头看了我一眼，缓缓地说道。

似乎跟来时不一样，大概是心情不好的原因，我预想中鹿鸣野上车后叽叽喳喳的一幕没有出现。不过为了安全起见，我还是贡献出了我的手机，并且乖乖打开了游戏递上去。还好鹿鸣野接了过去，我还真怕他像切汉堡一样把我的手机也切了。

一路上，鹿鸣野都沉浸在游戏里，而我也没有多讲话。直到走到家门口，我拿出钥匙准备开门的一瞬间，脑袋似乎才突然清醒过来。与此同时，一个念头飞快地闪过——我凭什么要听他的话，把他带回家啊？

"打不开门吗？"就在我默念"我一定是因为鹿鸣野可怜才带他回家"时，鹿鸣野开口问道，然后不由分说地把我往一边拉。不过此时的我大脑跟不

上身体的反应，眼见整个身体就要朝旁边倾倒，却又发现身体似乎被定住了，再抬头，便看见了鹿鸣野的脸。

"小心点儿！"鹿鸣野说完，一用力，便把我的身体拉正了，放在我腰间的那只手也缓缓抽了出去。

"呼——"在与鹿鸣野保持了一定距离后，我长长地吐了口气，压下心头的慌乱，然而下一口气还没吸进来，一颗心又提了起来。

这个家伙到底在干什么？

鹿鸣野退到离门两步远的位置，脚抬高，嘴里念念有词道："甜甜姑娘，往后退，看我的。"

看……看你的？

我禁不住心跳加速，快步上前拉住他，大声喊道："别！我们家的门没有坏！"

"没坏，那怎么打不开？"鹿鸣野一副"你不诚实"的表情。

我禁不住抹了一把冷汗，咽了咽口水说道："真的没坏，要用钥匙开，你看……这样不就可以了……"

"原来是这样啊！"鹿鸣野恍然，而后冲着我微微一笑，"那真是太好了，你赶紧弄点儿吃的给我吧！"

一说到吃的，我发现自己快要饿晕了。仔细一想，由于鹿鸣野的原因，我今天比平时还要忙，根本没时间吃饭，顶多吃过一些面包，好不容易等到关门了，却又被这个讨厌的家伙缠上了。再后来，他压根不给我吃东西的机会，直接踢了别人的场子。唉，说多了都是泪啊！

化悲痛为动力，我拼着最后一口气冲进厨房，找到了昨天剩下的米饭，

然后随便炒了炒，为了营养丰富一点儿，还搭配了几个小西红柿和西兰花，却不想鹿鸣野看到桌上的炒饭时，眉头又皱了起来："这就是你做的？"

"对啊，快吃吧，你不是早就饿了吗？"顾不得招呼他，我率先往嘴里塞了一大口。嗯，味道还是不错的嘛！不过……好像酱油放得有点儿多了。算了，有的吃就不错了。

我一边吃一边自我安慰，又顺手往里面倒了点儿辣椒。

"啪"的一声巨响，随后响起的是鹿鸣野暴虐的声音。

"你确定这是给人吃的吗？"鹿鸣野一字一句咬牙切齿道。

我打了个哆嗦，差点儿被小西红柿噎住。

这个家伙太过分了吧？之前说别人，现在说我，又不是我求着给他炒饭的，不是给人吃的，难道是给猪吃的吗？有的吃还挑三拣四，真以为自己是皇帝啊。哎哟，还瞪我，我也是有脾气的好吗！

"你确定你不是人，可以不吃！"我忍无可忍，拍桌回击。

"你只要承认这不是给人吃的，我就不跟你计较！"鹿鸣野梗着脖子，嫌弃地用筷子在炒饭上戳来戳去，"这是什么？半生不熟的东西也敢往里面放？酱油的颜色这么深，盐巴还没有化开，鸡蛋一大片一大片像大便似的，还有这蛋壳是什么意思？米饭又冷又硬，还凝固在一起，你确定这是给人吃的吗？还是你承认自己不是人，平时就吃这些？"

"姓鹿的，别以为你会两下子，尾巴就能翘上天了！"

我真的怒了，真想拿炒饭盖到他那张脸上。

强压着上去揍他的冲动，我指着门口大声说道："我告诉你了，你要觉得自己不是人，可以不吃。还有，这里是我家，你可以走了，我们家一点儿也

不欢迎像你这么讨厌的人！"

我现在终于明白，为什么快餐店的厨师们都想要揍他了。这个家伙的嘴真的很欠揍！

"你承认自己错了，恼羞成怒了吧！承认自己做得不好吃了吧，承认自己是侮辱食物了吧！"

鹿鸣野这个家伙，真是蹬鼻子上脸！还有，我什么时候恼羞成怒，又什么时候承认自己错了？就算是做得不好吃又怎么样，都快饿死了，还讲究那么多干什么？

我愤愤地握着拳头，磨着后牙槽，从牙缝里挤出一句话："好女不跟男斗，更何况你还是个变态！"

说完，我用力坐了下去，却不想刚才太过激动，起来的时候把椅子推开了，于是我可怜的屁股就这样"砰"的一声和地面亲密接触了。

我痛得眼泪横飞，鹿鸣野那个家伙却幸灾乐祸地继续喋喋不休："看吧，这就是你侮辱食物的下场。如果做不好，要虚心学习。如果学不好，以后就远离食物。"

"鹿鸣野！"老虎不发威，真当我是病猫啊！

我抓起旁边的一个杯子对准鹿鸣野，就要朝他丢过去时，突然传来了老妈的声音。

"甜甜，你们在干什么？"

听到老妈的声音，我的手一抖，刚举过头顶的杯子就这样径直朝我头上砸下来。

"啊——"老妈和我同时发出尖叫，但是……一秒、两秒、三秒，明明

是一刹那的事情，那个杯子却迟迟没有落下来。

我慢慢睁开眼，入目的是一件古色古香的衣服，原来鹿鸣野不知道什么时候站到了我旁边，而那个杯子则被他稳稳地接在了手中。

他是怎么做到的？

鹿鸣野的反应和身手让我叹为观止，我的脑海中不由自主地浮现出他杀鱼时的画面。

难道这家伙会功夫？把功夫和厨艺结合起来，实在是太帅了！

"真是太吓人了，甜甜，以后不可以做这么危险的事情！"老妈长长地吐了口气，一边在胸前画"十"字，一边惊呼道，"不过，你们两个人……刚才是在干吗？"

刚才？哦！对了！

"危险？哼，要不是因为他，我哪里会有危险。"老妈的话瞬间打破我对鹿鸣野的崇拜。

"哼！"鹿鸣野也冷哼一声，然后指着桌上的炒饭说道，"我说她做的饭不好吃，她就要拿杯子砸我。"

浑蛋！真是恶人先告状！明明就是你出言不逊，才会出现那样的情形的！

"甜甜？"也许是我平常的形象太过"霸气"，老妈毫不犹豫，一个"眼刀"飞了过来。

"我是那么粗鲁的人吗？要不是他嘴巴太坏，我也不会生气啊！嫌弃我做的饭不好吃，他可以不吃嘛，凭什么对我进行人身攻击？"我一边跟老妈解释，一边愤愤地坐下，自顾自地吃了起来。

"原来是这样啊！"老妈恍然，而后笑着跟鹿鸣野解释，"甜甜做的饭是这个样子啦，如果你不喜欢，我可以给你做鸡蛋面。"

什么叫我就是这个样子？老妈，您怎么可以在外人面前揭您女儿的短啊？

"那就麻烦您了。"鹿鸣野客气地说道。

"你坐一会儿，很快就好了。"老妈说着，笑眯眯地往厨房走去。

啊，我刚才竟然只顾着前半句，忘了老妈的后半句话！鸡蛋面，这可是老妈做的唯一算得上美食的东西了。

"老妈，您怎么可以这样？也帮我做一碗啊！"赶在老妈走进厨房前，我大声喊道。

"都有份啦！"老妈的声音传来。

哼，什么叫都有份，鹿鸣野这个家伙应该不给吃才对。

想到之前的事，我愤愤地瞪了鹿鸣野一眼，却不想此刻的他也正看着我。

看什么看，会功夫就了不起啊，别以为你会功夫我就怕你了。

"你难道不应该向自己的救命恩人表示感谢吗？"就在我龇牙咧嘴地卷起袖子，向鹿鸣野挥动拳头表示自己的不满时，鹿鸣野突然说道。

救命恩人？

我的大脑瞬间一片空白，见我一脸不解，鹿鸣野指了指他放在桌上的杯子。

一秒、两秒……五秒后，我心底的怒火再次被挑起，咬牙冷哼道："大恩不言谢，难道你不懂吗？别以为对我有点儿小恩小惠，我就会感谢你，除非

你为刚才的事情向我道歉，我再考虑要不要感谢你……"

"没教养！"鹿鸣野瞪了我一眼，说道。

就在我和鹿鸣野唇枪舌剑、"眼刀"乱飞之际，老妈端着三碗香喷喷的鸡蛋面从厨房出来了，让人食指大动的香味霎时弥漫了整个客厅。

咽了咽口水，我准备第一时间冲过去，然后拿走最大的那碗，却不想鹿鸣野先我一步，拿到碗后，二话不说就把面条往嘴里塞。

"你……"我愤愤地瞪着鹿鸣野，恨不得把他瞪出一个洞，然而他却毫不在意。

算了，好女不跟男斗。

一番自我安慰后，我打算去拿另外一碗，可是无论我怎么走，鹿鸣野都挡在我前面，我往左，他也往左；我往右，他也往右。

他一定是故意的！因为就在他换第二碗的时候，我依旧没能拿到属于自己的那份。

"慢一点儿，慢一点儿，都是你的……"看到鹿鸣野狼吞虎咽，相当捧场的吃法，老妈笑眯眯地说道。

慢慢慢，慢什么慢，烫死了才好！

"嗯嗯嗯，真是太好吃了！"鹿鸣野小鸡啄米似的点头答道，满脸享受的表情，气得我恨不得一拳把他砸晕。

"老妈，不带这样的……"我真的快要哭了，就算是老妈母爱泛滥，也应该搞清对象才是啊，我才是您应该照顾和保护的女儿！

眼见老妈和鹿鸣野一幅母慈子孝的画面，我沮丧地低着头，有些受伤地回到自己的座位，眼前却突然多了一碗香喷喷的鸡蛋面。

"甜甜姑娘，这一碗是你的，赶紧吃吧，大婶做的面真是太好吃了！"鹿鸣野好听的声音从头顶飘来。

仿佛有一排乌鸦从我的头顶飞过。

我这是悲伤过度，所以产生了幻觉？还是饥饿过度，已经昏死过去而做的梦？前一秒还一副欠揍模样的鹿鸣野，下一秒却突然变得如此有礼貌和体贴他人了？

我抬起头，刚好对上鹿鸣野那双微弯的眼睛和扬起的嘴角。

"这是筷子。"

他的嘴唇一张一合，那双漂亮得不像话的手把一双筷子塞进了我的手里。

这到底是怎么回事啊？难道这个家伙会变身吗？

我突然想起《大话西游》中的女主角，白天温柔可爱，善良多情，到了晚上却突然变身母夜叉，简直是遇佛杀佛，遇魔杀魔。

我有些不适应地接受了鹿鸣野的服务，但是站在一旁的老妈满脸笑容地说道："真是太好了，你们就该这样互相帮助，总是吵来吵去，真的很不友好哦！"

互相帮助？拜托！我哪里不帮助他了？

不理会老妈的话，我半是狐疑半是埋怨地吃完了鸡蛋面。

"甜甜，快过来，我们开个家庭会议！"等我洗完碗出来的时候，正在和鹿鸣野坐在沙发上探讨动画片的老妈，朝我招了招手说道。

家庭会议——这四个字就像从天而降的一座大山，"轰"的一声砸在了我的脑门上，我有一种不好的预感。

"甜甜啊，你看小野来到我们的城市，和家人失散了，人生地不熟的，又长得这么帅，真是太危险了，所以，妈妈想让他先住在我们家里……"

果然！

"不可以！"老妈的话音未落，我的脑海中已经敲响了十几下警钟，赶紧出声制止道，"老妈，难道您不怕他是坏人吗？引狼入室这种事情，新闻里天天都播了啊！"

我尽量言简意赅地提醒老妈"东郭先生"的故事，却不想她完全不听我的。而坐在老妈身旁的鹿鸣野，也相当配合地摆出一副"我怎么可能是坏人，我明明就是人见人爱、花见花开的美少年"的表情，于是，一向爱心泛滥的老妈立刻指着鹿鸣野说道："甜甜，小野不是那种人，一看就是好孩子。妈妈和爸爸从小就教过你，我们要尊老爱幼，尽量帮助那些需要帮助的人，小野现在就是需要帮助的人。"

老妈的话音刚落，鹿鸣野立刻点头如捣蒜，瞪着眼睛嘟着嘴，完全是无辜的表情。

"甜甜，你试想一下，如果有一天你和妈妈走散了，妈妈当然也希望你被好心人收留，能够度过最困难的时光……"老妈说着说着，突然望向天花板，红着眼眶，吸了吸鼻子，接着说道，"甜甜，要是你爸爸知道了，也一定会答应让小野留下的！"

"甜甜，难道你真的希望明天的新闻是一个孩子冻死街头，或者……"老妈越说越夸张，越说越恐怖，简直把鹿鸣野和家人走散后所能发生的悲剧都念叨了一遍。

我抖了抖全身的鸡皮疙瘩，对于老妈的编剧天分真是佩服得五体投地。

"行了，老妈，我答应就是了，但是……"说着，我伸出一根手指头，"只有今天一晚。"

"那真是太好了！"老妈"腾"的一下站了起来，转头对鹿鸣野说道，"我去给你找衣服！"

看着老妈急匆匆地离开，还有点儿雀跃的样子，我禁不住打了个哆嗦。难道我刚才洗碗的时候，她和鹿鸣野就已经商量好了？

"甜甜姑娘，你能答应让我留下来，真是太感谢了！"刚才一直无声配合的鹿鸣野也站了起来，十分礼貌地对我微笑道。

谁想让你留下来啊，像你情绪这么不正常的家伙，我可懒得应付，要不是老妈……

"小野，你快去试试这件衣服吧，这是我以前买的亲子装。对了，甜甜，你也快去换上吧！"就在我对鹿鸣野的话表示不满时，老妈拿着睡衣走了出来。不过，她让鹿鸣野穿老爸的那件衣服就算了，为什么我也要穿？

"不要，我今天太累了，而且明天就要开学了，我先去睡觉了……"果断地回绝了老妈的要求后，我一边打着哈欠，一边往卧室走去。刚走到门口，我突然听到老妈连名带姓地叫我。

"郝甜甜！"闻言，我的心猛地一跳，我扭头看去，果然看到老妈泪眼婆娑地站在原地看我，"你这个样子，我和你爸爸都会失望的！"

这关老爸什么事啊！

我欲哭无泪地看着老妈，只见她别扭地抹了抹眼泪，然后坐在沙发上，转过头，看都不看我一眼。

唉，我真是被她打败了！

　　迫于老妈的"压力"，我无奈地回到房间，换上自己的那套衣服。出来的时候，我刚好碰到从洗手间换好衣服出来的鹿鸣野。

　　不得不承认，鹿鸣野这家伙长得不是一般好看，因为一件再普通不过的灰色圆领半袖衣，而且已经起球了，在他身上却能穿出杂志封面模特的感觉。咦？这家伙脖子上那根红绳是什么东西？

　　"哇，不错哦！"老妈的声音突然传来，闻言，我赶紧收回目光。

　　"快过来吃西瓜吧，我刚才在超市买的哦，听说特别甜！"老妈把切好的西瓜放到桌子上招呼道。

　　我和鹿鸣野一前一后走了过去，不用想，走在前面的一定是鹿鸣野，不过这次倒不是因为他挡住了我的路，而是因为他的腿比我的长。

　　"大婶，这个西瓜真是太好吃了！"鹿鸣野边吃边称赞道。

　　"小野啊，你以后叫我阿姨就好了，大婶可不能乱叫。"老妈说道。

　　果然，年龄是每个女人致命的弱点。

　　"好的，阿姨，遵命！"鹿鸣野抬头大声喊道，末了，还不忘冲着老妈甜甜一笑。

　　"真乖！"老妈笑得只见牙齿不见眼，顺带揉了揉鹿鸣野那一头飘逸的长发。

　　唉，这么甜的西瓜都不能阻止我被他们两个酸掉牙齿，真是罪孽啊！

　　"甜甜姑娘，在下有一个问题，想要冒昧请教你。"我还在啃着西瓜，鹿鸣野突然把话题转到了我身上。

　　"喀喀！"听到鹿鸣野文绉绉的说话方式，我冷不防被西瓜汁狠狠地呛了一下，"什么问题？旦说无防。"

不过……我怎么也被这家伙传染了？

"为什么你做的面包那么好吃，而别的东西……比如蛋炒饭，却让人不敢恭维……"鹿鸣野生怕我会打他一样，吞吞吐吐了半天，才把整句话吐出来。

看他小心翼翼的样子，我禁不住摸了摸自己的脸，心想：难道我真的有那么凶吗？

"其实，如果你不方便回答的话，就当我没问过，不好意思！"见我半天没回答，鹿鸣野十分贴心地补充道。只是他那副礼貌的模样，却让我毛骨悚然。

这家伙是电影学院毕业的吧！

"其实也没什么不方便的，也许是因为我每次做面包的时候都会想到爸爸，所以做得那么好吃吧！我只要一想到爸爸教我怎么揉面，怎么烘烤，怎么做出各种不同形状和口味的面包，还教我许多做人的道理……"

网上有句话，叫"不要被你讨厌的人影响，变得跟他一样讨厌"，尽管鹿鸣野先前的行为让我不快，但我还是耐心地回答了他。不过，就在我滔滔不绝，唾沫飞溅，满眼都是和老爸老妈一家人在一起的美好画面时，鹿鸣野这个家伙竟然开小差了，他望着窗外，不知道在想什么。

哼！真是太过分了，不想听可以提出来啊，竟然走神！

还是说……我真的太啰唆了？

哇，好香啊！

次日早上，我刚打开房门就闻到一股香味。

让我好好闻闻，好像有炸鸡、牛肉汤、包子、糖醋鱼……

追寻着香气，我来到了客厅，看到桌上琳琅满目的美食时，禁不住两眼冒光。

"早啊！"正当我努力咽下口水，对着眼前丰盛的早餐惊叹不已时，一个颇为熟悉的声音响起，"甜甜姑娘，你醒啦？"

"早早早！"我看也不看，敷衍道。

等等！这声音……怎么是个男的？我们家有男人吗？

我好不容易把视线从美食上收回来，缓缓转动脖子，循声望去。

哦，对了！这家伙叫鹿鸣野，是个很麻烦的家伙，睡了一觉，我竟然忘了。不行，像他这么危险的人，我得打起十二分精神来应对！

"你们家的炉子真不好用，我弄了半天才弄明白……"看了一眼桌上的食物，鹿鸣野笑得有些羞涩。

"这这这……这些东西都是你做的？"来不及猜测鹿鸣野的脸上怎么会出现羞涩的表情，听到他的话，我难以置信地问道。

"怎么了？你觉得不好吗？"看到我的表情，鹿鸣野微微皱眉道，"我也觉得这道桂花酱鸡没有做好，你们家的炉子我用起来实在不习惯，不过今天的酱汁还是不错的。对了，一会儿你尝尝这道奶油松瓤卷酥……"

鹿鸣野还在喋喋不休地说着什么，我的思维已经从食物转到另一件事上了。我记得，昨晚鹿鸣野进了客房后，我就在外面把门反锁了。不是我以小人之心度君子之腹，而是引狼入室的新闻太多，我这叫以防万一，那么……那么他是怎么出来的？

"鹿鸣野！"我猛地跳开一米远，盯着系着老妈的青花瓷围裙、脸上挂

着迷死人不偿命的笑容、正对满桌佳肴进行介绍的人大叫道。

"有事吗？"鹿鸣野不解地看着我。

"你是怎么出来的？"我伸手摸了摸口袋里的钥匙，一种不好的预感从心底冒出来。

听到我的问题，鹿鸣野一改刚才热情解说美食的模样，扭扭捏捏地站在那里，吞吞吐吐地说道："就是这样……"他边说边比画着，"我昨天晚上见过你那样开门，可是不知道怎么回事，大概是因为我用力过大，门好像……好像坏掉了……"

鹿鸣野越说越小声，看着我的眼神就像做错事等着被惩罚的孩子，随着他的话音落下，我整个人犹如离弦之箭，猛地转身奔向客房。

来到"现场"之前，我一直给自己做心理建设，但是当我看到整个门锁被拧掉，只剩一个洞时，心中的怒火熊熊燃烧起来。

我说什么来着，把他留下来分明就是引狼入室、自找麻烦！现在应验了吧！果然是麻烦的家伙，待会儿一定要让老妈把他赶走！

"哇，这都是小野做的吗？"老妈的声音突然从客厅传来。

老妈醒了？

"老妈！"我一边想着要向老妈告状，一边往客厅走去。

鹿鸣野似乎知道自己做错了，亦步亦趋地跟在我身后，没有说话。

"天啊，小野，你的厨艺真是太棒了，比甜甜她爸爸的还要好呢！"我和鹿鸣野刚到客厅，老妈便直接忽视站在前头的我，对那个破坏王赞叹道。

哼！他怎么可以跟老爸比啊！

"甜甜，快试试这个！"感叹够了，老妈终于把视线放到我身上，然后

夹了块东西往我嘴里送，我来不及躲闪，被她塞个正着。

"怎么样？超级好吃对不对？真是香而不腻，入口即化，回味无穷！"见我慢慢咀嚼着，老妈眨巴着眼，满是期待地盯着我，有种我要是敢说一个"不"字，她就哭给我看的意思。

不过……嘴里的感触似乎真如老妈所说一般，并且毫无夸张的成分。想不到鹿鸣野这个家伙还有两把刷子嘛！不，不止两把，是很多把，哼，怪不得这家伙这么嚣张。

我转了转眼珠子，看着旁边面带笑容的鹿鸣野，他就像是找到了自己的玩具小狗，欢欢喜喜地摇着尾巴跑过来，不停地蹭啊蹭，等着你表扬的模样。违心的话始终说不出口，我只得咽了咽口水，回答道："还不错！"

"岂止是不错啊，简直是太棒了！"老妈忍不住抗议道，说完，又夹了一个豆腐皮包子塞进我的嘴里。

"好吃吧？"见包子成功地塞进我的嘴里，又或许是见我没有丝毫反抗的意思，老妈兀自开心地说道，完全无视我别扭的表情。

唉，算了，看在这家伙做东西这么好吃的分上，我就不跟他计较了。谁叫我昨天晚上多心把门锁上了，还拔掉了钥匙，绝对算得上搬起石头砸自己的脚。

就在我泪流满面、悔不当初的时候，老妈和鹿鸣野两个人已经大快朵颐起来，桌上的食物正以光速消失。

"你们也给我留一点儿啊……"

吃完早餐，出门前我把老妈拉到一边，再三叮嘱她待会儿一定要把鹿鸣野赶走，而老妈也再三保证，她绝对会完成任务，我才拿起书包赶去学校。

"刘欢心，刘欢心，刘欢心……怎么回事，为什么你们班级里没有我的名字啊？"站在公告栏前，我和刘欢心认真地看着分班通知，再三确认自己的名字不在我所在的班级后，刘欢心抱怨道。

"没关系啦，你不是说过吗，只要心在一起，哪怕天涯海角，我们都是最好的朋友嘛！"不忍心看好友失落的模样，我搂着她的肩，把能想到的肉麻到让人想吐的话都说了出来。

"话是这样没错。"刘欢心满是忧伤地对着手指，头上两个"包子头"使她看起来更可爱，"可是这样的话，我就不能跟千允澈在同一个班了！"

听到刘欢心的话，刚才还满心满眼满脑子被友情笼罩的我，立即被这个事实打击得向后退了两大步。

刘欢心，你这个重色轻友的家伙，知不知道自己在说些什么啊！难道我们这么多年的友谊都比不过那个什么千允澈吗？真是"是可忍，孰不可忍"啊！

"臭丫头，我以后再也不给你带面包了！"说完，我愤愤地把刘欢心手里的面包夺了过来，然后大大地咬了一口。

见状，兀自陷入悲伤中的刘欢心终于反应过来，赶紧将面包抢回去，顺带解释道："小甜甜，别这样啦，我又不是故意的。你也知道我这个人一向是心直口快，说什么都不经过大脑的嘛。更何况，人家也是因为没能跟你在一个班才会一时糊涂，胡言乱语的啦！"如获珍宝般重新夺回面包所有权，刘欢心刚打开纸质包装袋，又叫嚷起来，"啊，你竟然一点儿都不给我留！"

"本来还有一口的，你抢回去的时候，我没来得及松口……"我指了指

自己的嘴巴说道，"我明天给你带个更大的……"

"不！"刘欢心双手交叉，一副老师教训学生的模样，"我要两个，不，三个，四个，五个！"

……

正在我们两个人打闹的时候，身旁传来其他女生的议论声。

"哇，我竟然和千允澈同一个班！上帝保佑，一会儿排座位的时候，让我和他坐一起吧！"

"好讨厌，怎么没有我的名字……"

"不知道千允澈有没有照片上的好看，听说他这个人不怎么好接近啊！"

"你懂什么，那叫高深莫测，哎呀，好羡慕那些可以和千允澈一个班的人！"

作为著名美食大师的儿子，千允澈的名声似乎不小，然而在大家热烈议论千允澈的时候，我的脑海中却不由得浮现出鹿鸣野的脸，然后下意识地将两人相比。

根据小道消息，千允澈身高185厘米，好像比鹿鸣野高一些；性格嘛，听说比较难接近，不过，再难接近，肯定也比鹿鸣野这个变态要好很多吧！至于长相，据说从幼儿园开始到大学，千允澈就一直稳稳地霸占校草的头衔，但我还是觉得长得像二次元帅哥的鹿鸣野更胜一筹。哼，也多亏鹿鸣野这家伙有一副好皮囊，这可真是个看脸的世界，老妈不就是被他那张脸骗了吗？

就在我不停地将两人翻过来掉过去进行对比时，刘欢心突然伸手扯住了我的耳朵，没好气地吼了起来："郝——甜——甜——"

刘欢心这一声"河东狮吼"震得我的耳朵嗡嗡直响，我揉着耳朵，不解地问道："你想震聋我吗？"

"你说呢？"刘欢心没好气地白了我一眼，"我叫你好几声了，你都没有理我，真是的！你到底在想什么想得那么入迷啊？该不会是想哪个帅哥吧！"

"别胡说！"我禁不住脸红地挥了挥手，不过说起帅哥，我还真是要跟她讨论一下鹿鸣野的事情。

"欢欢，昨晚有个男生住在我家……"

"什么！你留男生在家过夜？"我的话还没说完，刘欢心立即大惊小怪道，引得周围人都投来了异样的目光。

"不是的！"我赶紧否认，顺便把刘欢心这个脑子缺根筋的家伙拖走，等到没人的时候，才把昨天的事一一说了出来。

"他是离家出走却不小心失忆，爱好cosplay（角色扮演）的富家少爷吗？"听完我的叙述，刘欢心气也不喘地问道。

对此，我一点儿也不想回答，天知道这丫头平常都在看些什么电视剧和小说。

"他做的菜真的那么好吃吗？"见我没回答，刘欢心又换了个话题，吃货的本性暴露无遗。

"身为朋友，你竟然不担心我的安危，而是问这些奇怪的问题？"我不满道。

"嘿嘿，身为女汉子，你很安全。"刘欢心拍了拍我的肩膀，笑道，"我还是比较好奇食物的问题。"

女汉子也有一颗柔弱的心好吗！

"是啊，他做的东西是挺好吃的。"我翻了个白眼答道，"不过他已经离开了。"

"哎呀，真是太可惜了！"刘欢心伸手掐着我的胳膊，愤愤道，"郝甜甜，亏我们还是最好的朋友，亏我平时有什么好吃的都想着你，有什么漂亮的帅哥都不忘和你一起分享。你倒好，有一个既养眼又美味的帅哥都不通知我，就算是用手机录一段视频，拿一个豆腐皮包子也行啊！"

"这……我昨天头都被他闹大了，哪里想得到这些啊……"

"所以……"刘欢心拍着我的肩，郑重其事道，"下次再遇到好吃的，你一定要记得通知我！"

搞了半天还是为了吃的啊！

道别后，我们朝各自的教室走去。此时老师还没来，同学们正三五成群地讨论着，有刚认识的，也有以前就是同学的。

进了教室后，我四处张望看有没有熟人，突然一个女生大叫道："来了来了！千允澈来了！"

女生的声音仿佛是拉响的警报，一时间，所有人都停止讨论，扭头朝门口望去。

由于我刚好站在门前，又逆着光，扭头的时候只看到一个高瘦的轮廓以及一头微卷的短发，而对方的发顶在阳光的照耀下泛着白光，有种梦幻般的美感。

在同学们热切的目光中，千允澈低着头走了进来，从我身边经过时，我总算看到了他的脸。

都说儿子长得像母亲，尤其是像陈秋老师这么优秀的基因，果然遗传到千允澈身上了。

看着千允澈坐到了最后一排的角落里，我也赶紧找了个空位坐下，反正待会儿老师来了还要重新编位的。

"帅哥是不是都这样啊？看他的样子好像真的很不好接近呢！"一个熟悉的声音在我的耳边响起。

"甄美丽！"看到曾经的同班同学，我笑着招呼道，"刚才进教室时怎么没看到你啊？我还以为你临时转班了呢！"

"你哪里是没看到我啊，明明就是眼里没有我。"甄美丽的目光往后面瞥去，若有所指地说道，没等我回答，又立马笑眯眯地接着说道，"郝甜甜，我敢打赌，千允澈的同桌肯定是你！"

"咯咯！"听到甄美丽的话，我差点儿被自己的口水呛到。

甄美丽这个家伙，据说祖上是摆卦摊的，整个人有点儿神神道道。不过在我的记忆里，她说出来的事情好像从来没有不应验的。

好吧，其实我也希望和千允澈成为同桌，因为这样的话，我就离我的偶像又近了一点儿点儿。

就这样，怀着微妙的心情，我有些焦躁不安地等着老师来排座位。不过，与其说是等老师排座位，不如说是在等甄美丽的预言成真。

也许是上帝不想让甄美丽"小神婆"的外号失信，也许是不愿意让像我这样勤劳、美丽、善良的女孩失望，排座位时，老师竟然真的让我和千允澈坐在了一起。

看着坐在我旁边沉默不语、一头卷发打理得分外有型的千允澈，他白色

的T恤泛着耀眼的光，浅色的牛仔裤连个折子都没有，就连那双鞋都光亮可鉴，一尘不染，我那颗蠢蠢欲动的心不由得加速跳动。

千允澈，我偶像的儿子，妈妈是著名美食评论家，爸爸是高级餐厅老板，有那样的父母，他做出来的料理肯定也很棒，就是不知道和鹿鸣野比，谁做得更好吃……

我思索许久，最后决定先发制人，主动跟千允澈搞好关系。

"你好，我叫郝甜甜，从现在开始我们就是同桌了，以后大家要互相帮助哦！"我伸出微微颤抖的手，在大家羡慕嫉妒恨的目光下说出了开场白。

一秒，两秒，三秒……时间一分一秒地过去，千允澈始终没有开口，好半晌，他才看了看我的手，缓缓地问道："不好意思，你洗手了吗？"

闻言，我的心被击得粉碎。不过俗话说得好，舍不得孩子套不着狼，脸皮薄是成不了大事的，为了接近陈秋老师，我拼了！

"原来你有洁癖啊。"我收回手，无所谓地继续搭讪。

"还好！"千允澈再次无情地打击了我。

七个字换两个字，亏了五个，但是我不气馁！

"陈秋老师的节目我每一期都不落下呢，你有那样的妈妈，真是让人羡慕！"

"陈秋老师是不是经常在家里做饭给你吃啊？一定超级好吃吧！怪不得你长这么帅！"

呃，等等，我刚刚说了什么？长得帅不帅跟吃饭没关系吧？

对于我这种不会说话的人来说，哄人开心这件事实在太难了，而且，千允澈似乎微微皱起了眉头，难道他也觉得我夸得不好，不喜欢我夸他妈妈？

千允澈的反应让我有些忧伤，不过一想到和千允澈搞好关系之后的好处，我整个人又莫名地兴奋起来。放弃夸他妈妈的话，我又夸起了他爸爸，只是没想到这次千允澈不但皱了眉头，就连眼神也变得格外犀利。

我打了个哆嗦，千允澈盯着我片刻，很不耐烦地开口道："你能不能别……"

"嘘！老师要说话了！"千允澈开口前，老师恰好示意同学们安静下来，我以此为借口，堵住了千允澈的话。

天地可鉴，我绝对不是被他的眼神吓到了。不过话说回来，我只是夸了一下他的爸爸妈妈，又没有说什么过分的话，要不是他让我闭嘴，我甚至连他家的猫都能夸上几句，真搞不懂他为什么突然变脸……对了！该不会是因为我没有夸他，所以他不高兴了吧？要不要我再凑上去说几句？

"千允澈，你哪里不舒服吗？"

"……"

"唉，要是我说了什么让你不高兴的话，你千万别在意啊，我们以后要坐在一起，你要是心里不舒服，会影响学习的……"

"……"

接下来的一天，千允澈再也没开口和我说过一个字。

"悲剧啊！我觉得我快要患上交流障碍综合征了！"放学后，我一边往面包店走去，一边用微信和刘欢心语音聊天。

"你确定你没有说什么过分刺激他、让他不高兴的话？"刘欢心很快回了过来。

"怎么可能！你觉得我是那种人吗？更何况，我是冲着陈秋老师去的，

哪里敢得罪她的宝贝儿子啊。不说了，我到家了！"

　　一想到千允澈，我就禁不住头痛，果然是出师不利。算了，我还是把心思放在面包上吧！

　　"老妈，我放学啦！"推开店门，我大叫道，目光触及玻璃柜里的面包，顿时吓了一跳。

　　今天这是怎么了？店里的面包竟然比平时多卖出去一倍不止！

　　"老妈，今天是什么日子啊？店里生意太好了吧！"我绕到电脑前，确认出货记录后，不可思议地问道。

　　"对啊！"老妈一张脸简直笑开了花，"还有呢，你看，这是大家订货的单子哦！"老妈说着，又拿出一沓订货单给我看。

　　想不到店里的生意突然火爆起来的原因，我正打算归功于昨天的试吃会，突然，一个身影出现在门口，并且十分热情地和我打着招呼。

　　"甜甜姑娘，你回来了！"

　　鹿鸣野？

　　闻言，我震惊地抬起头，虽然对方站在逆光的位置，但我一眼就看出来了，因为只有他才喊我"甜甜姑娘"。

第三章

吃 面 还 是 踢 馆 的

03
CHAPTER

"老妈！"看到鹿鸣野活蹦乱跳地出现在我面前，还一副自家人的模样，我怒吼道。

我中午给老妈打电话，问起鹿鸣野的事情时，她就吞吞吐吐，说自己正忙，原来她根本没有打算让鹿鸣野离开啊！

"甜甜啊，淡定点儿，其实没什么大不了的，你要相信，帮助别人就等于帮助自己。"老妈被我吓得一哆嗦，镇定下来后立即讪笑道。

"老妈，您能不能成熟一点儿啊？再说了，您难道没有一点儿安全意识吗？"

我真是快被老妈气哭了，明明昨天说好只留鹿鸣野一晚，今天早上我离开前也千叮咛万嘱咐要她一定让鹿鸣野离开，瞧她当时答应得多痛快！哼，一定是鹿鸣野这个家伙用了什么手段，迷惑了一向不怎么坚定的老妈！

想到这里，我愤愤地瞪向鹿鸣野。对方被我这么一瞪，立刻低下头，缓缓地向老妈身后移动。

"郝甜甜，你别以为平时家里只有我们两个人，很多事情你都替妈妈做主了，就以为妈妈没有性格哦，其实，其实有些事情……妈妈还是可以做主的！"也许是鹿鸣野可怜的模样触发了老妈的母爱，此时，老妈就像看到老鹰的老母鸡一样，挺身而出挡在了鹿鸣野前面，梗着脖子气势汹汹地和我对视，说完，还扭头拍着鹿鸣野的手安慰道，"小野，你别害怕，阿姨不会让她把你赶走的！"

天啊！老妈，您乱说话也要有个下限吧！我平时哪里替您做主了？明明是您自己拿不定主意才要我给意见的！

"老妈，我说的不是这个意思好吗！我只是觉得他住在我们家很不方便，而且，如果他一直住在我们家，不去找自己的家人，那他以后怎么办？难道您忍心让他一辈子都和家人失散，最后变成孤儿吗？"听到我的话，老妈的视线不自然地向下移动，我赶紧趁热打铁，继续游说，"再说了，我们每天都很忙，不可能有时间帮他找家人，如果我们让他……"

"甜甜！"老妈开口打断我的话，拉着鹿鸣野的手，一副可怜兮兮的模样，"其实有件事情妈妈忘了告诉你……"

"什么事？"老妈的话让我的眼皮不自然地一跳，目光不禁在她和鹿鸣野之间来回扫视。

"我今天去找过安警官了，请他帮忙找小野的家人，但是……但是他并没有查到小野的身份……"说到这里，老妈看了看我，声音渐渐小了下去，然后又像是想到了什么似的，挺了挺胸，"不过为了保险起见，我已经拜托他保密了，所以你完全不用担心小野家人的问题，就让小野先住在我们家吧，再慢慢帮他找家人。你知道的，安警官做了二十多年警察，找人这种事情最在行了。"

时间仿佛有片刻的停顿，一时间，四周鸦雀无声，我看着一脸无辜的老妈和鹿鸣野，头上青筋突突直跳。我告诉自己要冷静，但是内心不住地呐喊：我做不到啊！

"没查到？什么叫没查到？您是说他是黑户吗？老妈，您竟然留一个身份不明的人在家里！再说了，叫安警官帮忙保密这件事有什么值得骄傲的

啊！"

"对不起！"见我真的生气了，老妈的眼泪夺眶而出，她拉着鹿鸣野向我鞠躬，说道，"小野一定很乖的，我敢保证，他绝对不会给我们添麻烦！拜托，拜托让他留下来吧！"

"甜甜姑娘，你放心，我绝对不是坏人。我知道你又要上学又要照顾店里，十分忙，你不在的时候，就由我来保护阿姨和照顾店铺吧！"在老妈的极力要求下，鹿鸣野也乖巧地点头保证道。

"对对对，今天店里生意这么火爆，就是因为小野的帮忙呢！"老妈点头如捣蒜，赶紧补充道。

说到店里的生意，我总算冷静了一点儿，狐疑地看向鹿鸣野。只见他脸颊微红，谦虚地说道："其实我没有帮什么忙，最主要的还是因为甜甜姑娘做的面包好吃。"

哎哟，这家伙什么时候学会拍马屁了？

"怎么啦？大家在开什么重要的会议吗？"正当我疑惑之际，一个颇为熟悉的声音从店门口飘了进来。

"安叔叔好，您是来找我妈的吗？"看到一身制服的安叔叔，我立即笑眯眯地打招呼。

"错了！我是来找你的。"安叔叔笑眯眯地在店里扫了一眼，"今天店里生意很不错啊，看来昨天的新品推销会很成功嘛！"

"对啊，对啊！"老妈小鸡啄米般地点头，"这些都是我们家甜甜的功劳哦，她做的面包真是越来越好吃了。"

老妈，您以为一直拍我马屁就行了吗？

"甜甜，你出来一下。"安叔叔朝我招了招手，那模样一看就知道是来给老妈当说客的。

"哦！"出门时，我扭头看了一眼老妈，正好撞见她挤眉弄眼地冲着安叔叔示意，一见我回头看她，又立刻假装去算营业额。

唉，老妈，您要我怎么说您才好。

"安叔叔，我妈是怎么跟您说鹿鸣野的事情的？"一出门，我便迫不及待地开口。

"你妈妈说，那孩子从小就被人贩子拐走，卖进了杂技团，吃了许多苦，后来趁着演出的时候才逃了出来，现在想要找回自己的家人。"安叔叔说完，笑眯眯地看着我，"你妈妈还是那样，编故事的本事一点儿也不高明。"

老妈果然把鹿鸣野的身世编得惨无人道。

"安叔叔，您也看出来了？"我一边擦着冷汗，一边为老妈的智商着急。不过，既然安叔叔都看出来了，为什么还同意帮老妈保密，让鹿鸣野留在我们家？

"你别忘了，你们昨天还去公安局报过案，现在大家都把鹿鸣野的事情当成笑话，已经在局里传得沸沸扬扬了！"

天啊，我怎么没有想到这一点？

"甜甜，我知道你怕你妈妈被骗，但是我觉得鹿鸣野也不像是坏人，尽管目前查不到他的任何资料，但是有我在，我不会让你和你妈妈受到一点儿伤害的，相信我！"一改之前的调侃，安叔叔突然变得煽情起来，"所以，现在我们就先听你妈妈的，让他留下来，你放心，我一有时间就会过来的。对了，我还有点儿事没处理完，得离开一会儿，你跟你妈妈说一声，我一会儿再过

来。"安叔叔说完，看了看正在店里东张西望的老妈，笑着摇头走了。

老爸去世许久，在他还活着的时候，我们就认识安叔叔了。老爸去世后，安叔叔十分照顾我和老妈，安叔叔对老妈的感情我也感觉得到，其实这么多年过去了，我也长这么大了，虽然老妈不靠谱，但我知道她是真的在努力照顾我，所以我还是很希望老妈能幸福。

"甜甜，安警官走了吗？"我刚进店门，老妈便迎了上来。

"嗯！"

"那他有没有跟你交代什么事情？"老妈紧张兮兮地拉着我的手，"比如关于我们店里需要找人帮忙的事情？"

我被自己的口水狠狠地呛了一下，老妈什么时候才能不把自己的想法写在脸上啊，真是让人好忧伤啊！

老妈被我看得不自在，目光四处飘荡，拉着我的手继续游说："你看，自从新产品推出之后，我们店里的生意真的越来越好了，我一个人肯定忙不过来，而且你现在学习忙。要是你还跟以前一样，白天上学，晚上回来做面包，妈妈担心你身体吃不消……"

听着老妈冠冕堂皇的理由，我忍不住抽了抽嘴角，反驳道："老妈，您不用担心啦，做面包已经是我生活中的一部分了，更何况，我每次做面包的时候都会想到老爸，所以我觉得，做面包不但不会成为负担，反而是一种幸福呢！"

"可是，甜甜，妈妈不这么认为啊，妈妈会担心你身体吃不消。如果你以后升到大三，学习会更加紧张的……"老妈掰着手指头，开始一一列举小区里那些即将考大学的孩子是如何用功的。

“老妈，您不觉得那太遥远了吗？还有一年，一年后我们再考虑找人帮忙也来得及啊。”

此话一出，老妈刚才还信心满满的表情立刻垮掉了，耷拉着肩膀誓死抗争："可是，我还是希望从现在开始就找人帮忙，这样你就可以有更多的时间学习和休息了。"

"好啦，我知道了，谢谢老妈。"

我搂住老妈的脖子，飞快地送上一吻，刚才心情还处于低谷的老妈，立刻眉开眼笑地问道："甜甜，你今天晚上想吃什么？"

老妈，除了鸡蛋面，您做的别的东西能吃吗？

就在老妈以为我坚持不愿留下鹿鸣野而一个劲地讨好我时，安叔叔去而复返，老妈急忙迎了上去。

"郝甜甜，你胆子真是越来越大了，竟然连你妈妈都敢骗！"跟安叔叔聊了半天，终于得到答案的老妈气鼓鼓地吼道，话音刚落，又拉着鹿鸣野开心地说道，"小野，甜甜终于答应让你留下来了，真是太好了，以后我每天都可以吃到美味的饭菜了！"

老妈，您变脸也太快了吧！不过……老妈，难道您让鹿鸣野留下来的原因就是因为他做的饭菜很好吃？

"唉，谁叫甜甜遗传了她爸的基因，除了面包，做任何东西都不好吃呢？"我还在腹诽老妈的真实想法，却没有想到她的话还没有说完。

"才不是呢，我明明是遗传了您，你才是除了鸡蛋面，做任何东西都难吃！"我立即反驳道。

"你……"老妈被我说得哑口无言，一双大眼眨了好几下，突然掩面泪

059

奔，"甜甜，你竟然嫌弃我……"

　　结束鹿鸣野的去留问题，又安慰了受伤的老妈，我正想慰问自己严重缺水的五脏庙，刘欢心突然发短信说要来找我，让我列队欢迎一下。

　　收起手机，我想着她应该没有那么快到，于是倒了杯果汁。

　　"郝甜甜，你太过分了！难道我还没有果汁重要吗？让你到门口迎接我一下都不去，真是太不把我这个朋友放在眼里了！"我刚拿起果汁准备往嘴里送，刘欢心的质问声就响了起来，与此同时，她一把将我手中的果汁抢了过去。

　　"我哪知道你速度这么快。"我顶着满头黑线，无奈地又给自己倒了一杯，顺便解释道，怀疑她是不是在店门口发的短信。

　　"这味道不错嘛！"刘欢心点头说道，然后扫视了店里一圈，惊呼起来，"天啊，郝甜甜，是你太懒了，还是今天的生意太好了，你们店里的面包竟然快要卖光了？"

　　"当然是生意好啊！"

　　"可是你带给我的试吃品，我也没觉得有多好啊，至少跟你爸爸做的相比还差那么一丁点儿！"刘欢心顶着"包子头"，一副不得其解的模样嘟嚷起来。

　　"小瞧我！"我得意地笑道，"告诉你哦，我昨天的新品推出后，今天惠顾的客人特别多，怎么样？是不是觉得有我这样的朋友是件骄傲的事情啊？"

　　"你就得意吧！"刘欢心皱着鼻子，笑嘻嘻地说道，"对了，猜猜我今天找你什么事？"

"这还用猜吗？"我禁不住翻了个白眼，"这个时间来找我，当然是为了吃的！怎么啦，想吃我做的面包了？"

"谁告诉你我是想吃你做的面包啦！"刘欢心很不给面子地用鼻孔对着我，"告诉你吧，我知道有家新开的拉面馆今天试营业，我还听说那里的拉面师傅是从日本特意请过来的哦！"

一说到吃的，刘欢心的两只眼睛立刻放光，眉飞色舞地挥动手臂："怎么样，够意思吧？有难同当，有福同享，有美男一起欣赏，有美味一起品尝，得友如此，夫复何求啊！"

刘欢心摇头晃脑地说完，目光却一下子定在了柜台后，那双刚才还因为兴奋而微微眯起的眼睛瞬间睁大，再睁大。

"郝甜甜！"片刻后，刘欢心几乎是扯着嗓子喊出我的名字，两只手更是死死地掐着我的胳膊，"你这个人真是太没公德心了，有这么帅的男生，竟然不叫我来围观！"

什么？

顺着刘欢心的目光，我不解地扭头望去，正好看到鹿鸣野用修长的手指帅气地撩了一下散落在脸颊上的发丝，然后抬头冲我们笑了笑："甜甜姑娘，有事吗？"

"连声音也如此好听！"刘欢心兴奋的尖叫声再次响起。

一大滴汗滑过我的脑门，我来不及去鄙视刘欢心的反应，鹿鸣野就微微皱起眉头，不解地看向刘欢心，问道："这位姑娘是说我吗？"

"当然是你啦！这里除了你还有谁啊？"刘欢心整个人就像打了鸡血似的，直奔鹿鸣野的旁边，围着他足足转了三圈，"你是不是搞cosplay（角色

扮演）的啊？"

什么叫这里除了他就没有其他人了？这话我听着怎么这么不舒坦呢？

"扣死……什么？"鹿鸣野疑惑地问道。

"噗——"我满满一口果汁就这样毫无保留地呈天女散花状喷了出去。

"是cosplay啦！像你这种级别的，无论cos什么都是极品啊！"

"极品？那是当然啦！不好的东西我是从来不做的。"鹿鸣野被刘欢心一夸，整个人开始飘飘然。

不过，为什么我觉得他们俩是鸡同鸭讲？

"我的眼光一向都不错啦！不知道你还有没有别的造型啊？"得到鹿鸣野的认同，刘欢心就像小尾巴一样，紧紧跟在他的身后，寸步不离。

我禁不住一阵恶寒，真是太丢脸了！

"你觉得这样不好吗？"鹿鸣野挑了挑眉毛，顺带弹了一下白晃晃的长袍。

"当然好了！"刘欢心双眼冒出桃心，"只要是你做的，肯定都是最好的！"

喂，够了吧！你这种盲目地崇拜要什么时候才能结束啊？

"哦，对了！"刘欢心突然拿出手机，"帅哥，方便留一下你的联系方式吗？比如电话、QQ、邮箱、微信、微博，座机也可以哦！"

"什么？"这次，鹿鸣野的头顶出现了一个更大的问号。

啊，对了，鹿鸣野这家伙完全就是没见过世面……不对，是活在古代的原始人！

"欢欢！"为了避开鹿鸣野的十万个"这是什么"，我决定主动为两人

介绍，"他就是鹿鸣野，不过我老妈觉得他一个人举目无亲、人生地不熟的，所以和我经过一番抗争后，坚持让他留下来了……"

"什么？他就是那个奇怪的家伙？"不等我说完，刘欢心立刻嚷嚷起来。

听到刘欢心的形容词，我的嘴角又开始抽搐了。

你不用什么都说出来吧！

"原来甜甜姑娘跟你提起过我。"鹿鸣野看了我一眼，不可思议地说道。

"当然说过了，她说你的厨艺超级棒！"

刘欢心，你套近乎也不用把我编排进去啊！

"对了，我的名字叫刘欢心，我可以叫你小野吗？"刘欢心继续说道。

"好啊，阿姨就是这样叫我的。"鹿鸣野很爽快地答应了，然后盯着刘欢心的两个"包子头"看了一会儿，说道，"你很像个小丫鬟呢。"

小丫鬟？闻言，我也看了看刘欢心的发型。

还别说，这种发型在古代确实是"小丫鬟"，不过谁会接受这种称呼啊！

"还蛮特别的呢，那你以后就叫我小丫鬟吧！"刘欢心拍手笑道。

简单地认识后，鹿鸣野也加入了去吃拉面的队伍，我们三人就这样浩浩荡荡地出发了。

"小野，你平时有什么爱好吗？"

"小野，你除了喜欢做菜之外，还有什么特长吗？"

"小野，你的头发是怎么护理的？"

"你的声音那么好听，外在条件这么好，有没有考虑过去演艺圈发展啊？"

我以为鹿鸣野的"十万个这是什么"已经够烦了的，没想到刘欢心的"十万个小野"更烦。作为当事人的鹿鸣野却是一副似懂非懂的模样，连回答都是"哦""什么""就是做菜""不知道"，或者干脆沉默。

忽略掉鹿鸣野向我投来的求助目光，我只想感叹：果然是一物降一物啊！

幸好这样的情况没有持续多久，在我的催促下，我们很快就到了拉面馆。

"你说的是这家吗？"我赶紧拉住刘欢心问道。

彼时，刘欢心正处于兴奋中，被我这么一问，呆滞了几秒，盯着招牌看了一会儿后才反应过来，说道："对，就是这家，就是这家！"

说完，刘欢心率先进去，在她进去的同时，我恰好看到站在我旁边的鹿鸣野长长地吐了口气。

"甜甜姑娘，你朋友平时都是这个样子吗？"鹿鸣野无奈地问道。

"呃……也不全是吧……"我吞吞吐吐地回答道。

"你们这里的人都很奇怪呢，就算是我们那里最凶悍的三公主，也不会见到男人就扑上去问东问西，像是恨不得马上要嫁给他一样！"

喀喀，你想太多了！

看着哭丧着一张脸，像是受到侵犯般无辜地看着我的鹿鸣野，我被自己的口水呛到了。

"甜甜姑娘……"鹿鸣野扭扭捏捏地看着我,"你笑话我自作多情对不对?"

啊啊啊!没有,绝对没有,像刘欢心那样热情地追问,估计谁也招架不住,更何况被问话的人也不是什么正常人……

我把头摇得像拨浪鼓,坚决表示否认。眼见鹿鸣野有继续追问下去的意思,我立即大步往店里走去。

为了配合"日式拉面"的主题,整个面馆都充满了和式风,包括墙上大大的装饰画和灯笼模样的电灯。

包厢里放着坐垫,看里面的装潢估计要脱鞋进去,来来往往的服务员穿着统一,干练又精神。先不管这里的拉面怎么样,至少看起来还挺赏心悦目的。

"哼!"跟在我身后的鹿鸣野突然发出一声冷哼,接着,在快餐店发生的那一幕就像电影一样开始在我的脑海中回放。

这家伙该不会又想挑战这里的厨师吧!

"不管一会儿的面好不好吃,拜托你一定要忍耐,知道吗?要不然,我就不让你住我家里了。"我赶紧拉着鹿鸣野小声警告道。

"哦。"大概鹿鸣野原本是有这个意思的,听到我的话一下子蔫了,委屈地嘟着嘴,眨着眼,十分不情愿地开口,"不好吃难道还不能抗议一下吗?"

"不可以!"我斩钉截铁地回答道。

"那好吧!"鹿鸣野勉强接受了。

看到他这副小媳妇儿的模样,一股罪恶感在我心中油然而生。

不行！郝甜甜，你千万不能心软，难道你忘了他在快餐店踢馆的情景了吗？

"哎呀，你们怎么这么慢，面都要上来了！"刘欢心不知道从哪里冒了出来，一手一个把我和鹿鸣野拉到座位上。

"怎么样，这里的环境不错吧？"刘欢心得意地问道。

"弹丸小国，有何风情！"鹿鸣野再次冷哼出声。

"什么？"刘欢心眨了眨眼睛，没听清楚鹿鸣野的喃喃自语。

"他说是挺不错的，一看就是卖拉面的！"我赶紧伸手掐了一下鹿鸣野。

"什么叫一看就是卖拉面的呀，这里本来就是卖拉面的！"刘欢心没好气地白了我一眼，随后换上笑脸，化身星探，对鹿鸣野进行大拷问。

鹿鸣野一看到刘欢心的笑容，禁不住全身一颤，向我投来幽怨的目光。

你看我也没有用啊，就算是全人类，也阻止不了刘欢心疯狂的追星之心。

刘欢心的问题比上数学课还有催眠效果，幸好赶在我睡着前，服务员把拉面端了上来，顿时一股香喷喷的味道扑面而来。

"也不过如此。"对着一碗面挑挑拣拣半天，鹿鸣野皱着眉头尝了一口后说道。

又来了！这家伙嘴巴也太挑了吧！

"还想不想在我家住了？"有了先见之明，我赶紧扭头瞪向鹿鸣野，用只有我们两人能听清的声音说道。

鹿鸣野看了我一眼，嘴皮子一翻，又合上了，不过我也看得出他是在

忍。

我松了一口气，刚举起筷子准备开吃，就听到身后不远处传来阵阵争执声。

"不好意思，我的钱包真的找不到了……"

"是真的找不到了，还是不想付钱？你接下去不会想说，其实是我们这里的人偷了你的钱包吧？"

"我不是这个意思……"

"拜托，下次出来吃白食前想个好点儿的理由行吗？"

"天啊，竟然有人吃霸王餐！"听到争执声，刘欢心不可思议地看向我说道，"长这么大还是第一次碰到这种事情！"

"那可不一定，说不定别人的钱包真的掉了呢，事情都没搞清楚，这个服务员太过分了吧！"我忍不住说道。

"要不我们过去看看吧？"

刘欢心说完，放下筷子就溜了过去，我也没抵住好奇跟了上去，只有鹿鸣野还对着拉面一副苦大仇深的模样没有动。

客人和服务员的争执还在继续，而且大有愈演愈烈的趋势。我刚想争吵到后面老板会不会把警察叫来，余光一瞟，看到那个和服务员争得面红耳赤的客人的长相，顿时整个人犹遭雷劈，好半天都回不过神。

"千允澈？"我惊呼出声。

我这一声连名带姓的称呼直接打破了争执的局面，见有人认识自己，千允澈的脸瞬间涨得通红，一旁的服务员则冷笑道："刚才让你打电话叫朋友帮忙，还说自己没有朋友。"

"他们……他们不是的……"

"不是？难道你吃霸王餐已经吃出名了？"

"你……你……"听到服务员的话，千允澈张着嘴半天说不出话，又羞又愤。

看到服务员咄咄逼人的模样，尤其是对我偶像的儿子，我立刻挺身而出，说道："喂！你怎么可以这样说？你哪只眼睛看到他以前吃饭不付钱了？别以己度人！"

"小姑娘，饭可以乱吃，话不可以乱说！"服务员不客气地瞪了我一眼，"还是那句话，付不了钱，就送你去公安局，让警察来判断到底谁对谁错！"

"你……"千允澈紧握的拳头微微颤抖，好一会儿才说，"那我回家拿给你，我家离这里很近，打车五分钟不到！"

"谁知道你出去之后还回不回来，更何况，你说你家离这里近，你回家去取钱，我就应该相信你吗？你该不会是借口拿钱，然后一走了之吧，像你这样的人我见多了。"

这个服务员的态度也太嚣张了吧！真不知道像她这样没礼貌、态度又差的人，是怎么进入服务行业的。再说了，就千允澈的家世来说，他犯得着白吃一碗拉面吗？什么日本的韩国的拉面师傅，他妈妈做的比这好吃多了！陈秋老师可是世界级的美食家。

"我可以保证他不会骗人。"我越想越气恼，爱屋及乌的心态暴露无遗。

"我凭什么相信你？说不定你们是一伙的，组团来骗吃骗喝！"

"你不要太过分啊！"刘欢心也忍不住说道，"谁骗吃骗喝了，都告诉你了，是吃完饭发现钱包丢了，人家现在说回家取钱，你又不让，你到底想要怎么样？"

"当然是想要把骗子绳之以法了！"服务员说完，目光炯炯地望向千允澈。

"我不是骗子。"千允澈气鼓鼓地说道。

"多少钱，我帮他付！"

真是太过分了，我一定要投诉！

"算你走运，今天有人替你付钱！"服务员依旧不依不饶。

"等一下！"服务员转身欲走，我快步拦住她，"钱我会付，但是你要向我朋友道歉！"

"什么？"服务员难以置信地看着我，音量不由得提高了好几个分贝，"你要我向一个骗子道歉，你觉得可能吗？"

"你说谁是骗子！"

"当然是他了！"服务员不服气地指了指千允澈。

"都告诉你了，他是我朋友，他的钱我来帮他付，凭什么说他是骗子？你必须向我朋友道歉！"

"我是不会向骗子道歉的，更何况，钱是你付的，又不是他付的，谁知道他到底是不是骗子！"

就在我跟服务员你一句我一句，吵得不可开交之际，身为当事人的千允澈突然伸手扯了扯我的衣服。

"郝甜甜，算了，别再跟她争论下去了，明天到学校后，我会把钱还你

的。”

咦？千允澈竟然记得我的名字！不对，现在不是考虑这个问题的时候！

"哎呀，这不是钱不钱的问题！这可是上升到了人格尊严的层面，你别怕，有我在呢，我会保护你的！"我拍了拍胸脯，保证似的对千允澈说道。

"可是……"

"没错，我们怎么能让他们这么欺负你呢？"千允澈还想说什么，刘欢心抢先道。

"没错！"我小鸡啄米般点头附和，为好友间的默契点了个赞。

"更何况这本来就不是我们的错，又没有人规定出门不能丢钱包！"刘欢心梗着脖子，瞪着服务员说道。

欢欢，这话说过了……

"怎么了？怎么这么多人围在这里？"就在这时，一个胖大叔走了过来。

服务员看到大叔过来，脸上闪过一抹喜色，忙叫了声"老板"，然后又把刚才的事情添油加醋地说了一遍。

"原来是这么回事啊，只是一场误会罢了，这件事情到此结束吧。好了，你也回去工作吧！"大叔的脸上挂着和蔼的笑容，挥了挥手让服务员赶紧离开，又回头对我们说，"既然误会已经解除了，你们也快去用餐吧，希望大家用餐愉快。"

什么嘛！我们什么都没说，听信自己员工的一面之词，然后做出决定，真是太讨厌了！还用什么餐，愉什么快啊！

"等一下！"我忍着掀桌的冲动，大声说道。

"小姑娘，还有什么事？"大叔笑眯眯地问道。

"既然是误会，就更应该向我的朋友道歉！"我边说边把站在我身后的千允澈拉到了前面，"你们的服务员出言不逊，非要说我朋友是骗子，这种侮辱人的话怎么可以随便说？而且你也说这是误会，那么误会的一方是不是应该向被误会的一方道歉，还他清白？"

"这位小姑娘说得没错！"大叔点了点头，"是误会就要解除，不过我刚才说解除时你们没有反驳，那就表示结束了。"

听到大叔的话，我气不打一处来，咬牙道："你是故意偏袒你们的人吧。如果有一天你去别的店里用餐，发生了这样的事情，被大家误以为是骗子，你会怎么做？难道忍气吞声？还是说要把自己失去的尊严都找回来？"

"你是这里的管事吧。"我的话音刚落，鹿鸣野就端着一碗拉面从人群中走了出来，站在大叔的面前冷冷地说道，"你们这也配叫拉面？面在水里煮的时间太长，失去了原本的嚼劲。蔬菜不新鲜就算了，就连汤也不是熬出来的，而是用配制好的香料冲煮，还有这刀功，啧啧，简直是惨不忍睹……"鹿鸣野边说边挑起面上的几片肉甩了甩，"这上面的肉是怎么回事？到底是要放牛肉，还是羊肉？或者说是两者兼有？这样的面你们也敢拿出来卖钱？"

鹿鸣野的举止太过突然，别说大叔和围观人群没反应过来，就连我这个有过经验的人也没反应过来。

我怎么忘记鹿鸣野这位挑剔又爱踢馆的大厨了？

"面真的没有嚼劲吗？我怎么没吃出来？"站在我旁边的刘欢心自言自语地说道。

"蔬菜不新鲜……难道是昨天的吗？还是前天的？还是说……"千允澈

开始陷入思索。

"怪不得，我觉得面有一股味……"人群中也有人附和道。

一时间，刚才还顾着看热闹的人突然转变了方向，开始纷纷讨论起拉面来。

"挑剔谁不会呀，他说得这么神乎其神，谁知道是不是真的！"之前那个服务员回过神来，大声反驳道。

但是不管旁人的议论声如何，作为始作俑者，鹿鸣野始终沉着脸，一副无动于衷的样子。

正当大家吵得热火朝天，差点儿把拉面馆当成菜市场的时候，一个穿着厨师服、留着小胡子的男人挤过人群走了出来，站在鹿鸣野的面前，用别扭的中文问道："是你说我的拉面做得不好？"

鹿鸣野挑了挑眉毛，冷哼道："你觉得你的拉面哪里好了？"

厨师一时语塞，好一会儿才红着脸说道："既然你说得那么好，就做一次让我看看，到底我们两个人谁做的拉面好！"

"无知！虽然我不屑在尔等面前掌勺，但为了美食的真谛，我就让你们开开眼界！"

又来了……听到鹿鸣野的回答，我的额头上不禁滑过三道黑线。

这个家伙根本就不是来吃东西的，而是来踢馆的啊！

原本我以为有了上次的经验，这次我应该会很冷静，但我万万没想到鹿鸣野又一次让我震惊了。

只见鹿鸣野站在操作台前，双手如穿花的蝴蝶般，在白色的面粉间翻飞，而那些面粉就像是被强大的磁铁吸引了一样，很快被他揉在了一起，随后

任由他甩、拉、撕、扯。

仅仅几分钟的时间，那一大团的白色面团就被鹿鸣野拉成了一根长长的绳子，在空中上下翻飞，随后一根变两根，两根变四根，四根变八根……

我目瞪口呆地看着鹿鸣野，猜不到他是怎么学会这些华丽又不失优雅的技术，又是怎么做到举手投足之间都散发着从容和自信。

面下锅了，在煮面的期间，鹿鸣野又开始切菜。与上次杀鱼的场面不同，此刻的鹿鸣野相当沉稳，没有一闪而过的刀光，也没有随处乱飞的菜叶。

"你把菜切得太碎了，其实有些菜根本不需要切，而有的菜也不需要下水，面在水里的时间也不需要那么长，因为面本身就很薄……"随着切菜的声音响起，鹿鸣野好听的声音也传来。

鹿鸣野一边指出之前那碗面的不足之处，一边利索地把面条从水里捞了出来。更令人惊讶的是，面条入水时明明是很多根，可是被他捞上来的时候，却如同一根，然后一圈叠着一圈，缓缓放入碗里，这简直是动漫里的场景嘛！

这绝对是一场精彩绝伦的表演秀，是鹿鸣野的主场。除了他还有心思讲解外，所有人都屏住呼吸，凝视着眼前的画面，生怕一不小心漏掉了什么似的。

没过多久，一碗热气腾腾的拉面做好了，鹿鸣野对着厨师摆了个"请"的手势，然后抱臂站在一旁。

厨师看得目瞪口呆，好半天才反应过来，拿筷子的手都有些颤抖。

"呼——"

一筷子拉面入口，围观的群众都忍不住咽了咽口水，而且厨师嚼了又嚼，满脸陶醉的模样，更是让人心痒难耐。

"大师，是我有眼不识泰山，不知好歹！"突然，厨师放下碗筷大声说道，"请收我为徒吧！"

"我还没有收徒弟的准备！"鹿鸣野冷冷地说道，霸道的气息扑面而来，说完，他大手一挥，像招呼小妹般对我说，"甜甜姑娘，麻烦你去付钱吧。"

"哦。"我顺从地点点头，等去掏钱包时才反应过来。

我干吗这么听他的话啊！

"不用给钱了！今天的面算是我请几位的，还请大师有时间再来，传授我什么叫美食的真谛！"厨师阻止了我掏钱的动作，一脸严肃地说道，配合下巴上的小胡子，特别有喜感。

我准备委婉地回绝，然后道个谢，再接受厨师的提议，鹿鸣野却摆出一副"算你有眼光"的表情，然后点点头。

"好了，我们走吧。"鹿鸣野率先离开，刘欢心眼冒桃心，紧随其后，我也赶紧追了上去，顺便拉走了千允澈。

这家伙又犯病了吧？一犯病就这副目中无人的模样，真不知道别人怎么受得了……

"大师，我送你！"厨师在我们身后叫道。

还真有人受得了他啊！

第四章
那是我完全没听过的世界

04
CHAPTER

走出拉面馆，我依旧没办法从刚才厨师要拜师的那一幕中回过神来。

这简直太震惊了！明明就是一碗普通的拉面，鹿鸣野这家伙却可以做得如此……嗯，怎么说呢？啊，对了，满室生香！直到此刻，我的鼻间还残留着那股浓郁的味道呢！虽然我连口汤都没有喝到，但可以肯定，那碗拉面非常好吃。

想着想着，我的口水都要流出来了，我赶紧用力吞了吞口水。

"郝甜甜，你太过分了。"就在我努力甩掉脑海里的拉面时，刘欢心扯着我的胳膊，十分郁闷地瞪着我。

"我又怎么过分啦？"我无奈地看向她。

"说好有美食要一起分享的！"刘欢心手指一扬，指向独自走在一旁的鹿鸣野，"会做美食的美男呢！"

"话是这么说没错，可是你不觉得他……"说到这里，我掩住嘴，凑到刘欢心耳边小声说道，"性格不太稳定吗？"

"不稳定？哪里不稳定？"

"就刚才啊，他突然变得很暴躁，到现在还是一副目中无人的样子，难道你没感觉到？"

"刚才啊……"刘欢心思考半晌，突然眼睛一亮，"刚才小野做拉面时真是帅呆了！"

这句话如天雷直劈我脑门。

说好的好友之间的默契呢？

"啊！"刘欢心又一惊一乍地接着说道，"以后不能叫小野了，应该叫鹿大人！"

鹿……鹿大人？

我不可思议地看向满眼都是鹿鸣野的刘欢心，担忧地问道："你确定你没发烧？"

生平第一次，刘欢心没有理会我的讽刺，娇羞地摇摇头后，蹦蹦跳跳地奔向鹿鸣野，边跑边喊："鹿大人，等等我，我有问题要问你！"

"喂，刘欢心！"我眼疾手快地将飞奔而去的刘欢心拉了回来，"你到底觉得他哪里好啊？"

"哪里都好啊！鹿大人全身上下都是优点，难道你看不出来？"刘欢心用"难道你没长眼睛"的眼神看着我。

我咽了咽口水，无奈地说道："早上的时候，你还很遗憾没能跟千允澈在同一班。"这心变得也太快了吧！

刘欢心扭头看了一眼旁边的千允澈，然后十分认真地说道："我现在也很遗憾啊，但是，就算是这样，也不能剥夺我做鹿大人粉丝的权利啊！"

"轰隆隆……"仿佛一道惊雷响起，我真是被刘欢心这丫头打败了！

"鹿大人，我来了……"

刘欢心完全不理会当场石化的我，像一个年龄不足五岁的儿童，蹦蹦跳跳地奔向鹿鸣野。

　　然而，此时的鹿鸣野对于再次化身狗仔的刘欢心已经没有刚才的耐心了。他要么别过脸，要么直接翻白眼，要么恶狠狠地说"闭嘴"，但是唯一让我感到欣慰的是，不管他怎么烦躁，都不会打人。

　　鹿鸣野一系列表示"拒绝"的行为，都没有妨碍到刘欢心那个被偶像光环冲昏头脑的丫头，继续围着他转来转去。

　　"唉！"看到刘欢心狗腿的模样，我无奈地叹了口气，同时在心里为鹿鸣野点根蜡烛。

　　"你朋友真有意思！"突然，千允澈羡慕地说道。

　　啊！差点儿忘了，千允澈也跟我们走在一起！

　　"她一直都是这个样子。"看到刘欢心吵吵闹闹的样子，和鹿鸣野无可奈何的表情，我忍不住笑着说道。

　　"有这样的朋友，一定很幸福吧！每天都开开心心的。"

　　"对啊，我们认识很久了，可谓是'青梅竹马'。"

　　"'青梅竹马'不是这么用的……那是形容男女儿童之间两小无猜……"

　　"那……红颜知己？"

　　……

　　和千允澈有一句没一句地聊着，我发现他其实还挺会找话题的，并不像在学校那么"不善言辞"或者"沉默冷酷"。我突然想起在拉面馆时，服务员说要千允澈给朋友打电话，千允澈说没有朋友。

　　"你怎么一个人来吃拉面啊？"想了想，我尽量委婉地问道。

"其实不怕你笑话，我没什么朋友。"千允澈尴尬地笑了笑。

"不可能吧！"我一脸惊讶，"就凭你父母的身份，想认识你的人应该很多吧？"

"你都说是因为我父母了，这也算朋友吗？"

"也对哦……"我点点头，忽然想到在学校时跟千允澈说过的话，脸上顿时一热，"那个……我当初也是因为……所以你才不想理我吧……"

"你比他们诚实多了。"

"啊？"千允澈的回答让我一愣。

"说得那么直接，夸奖的话也很直接，我只是觉得很烦而已。"

只是觉得很烦而已……

还能不能愉快地聊天了？我是不是要做点儿什么来挽回我的形象？

"对了，你的钱包掉了，要不要我先借钱给你打车回家？"

"那就麻烦你了，我明天到学校后还给你。"见我主动借钱，千允澈害羞地笑了笑。

估计像他这种小少爷，应该从没跟人借过钱，而且之前还被我们撞见那么尴尬的一幕，不脸红才怪呢。

"好啦！"我大手一挥，哼！这下机智又贴心了吧！

"还有一件事……"千允澈补充道，"刚才在拉面馆的时候，真是谢谢你了，要不是你，我可能已经……"千允澈说着，两只手紧张地抓着自己的口袋，搓来搓去。

呃，不是吧？难道千允澈这么快就被我机智的形象吸引了？等等！我还

没做好"你无以为报只好以身相许"的准备呢。

"虽然白天在学校的时候，因为你一直说我父母的事，我觉得你很烦，而且我对你的态度也不好，可刚才在拉面馆，你却主动帮我，我想我应该跟你道歉……"

原来是说这个啊！

"助人为乐嘛！再说了，白天的事，也有我的原因。"

"你说得也没错……是我不好，我为自己不礼貌的行为向你道歉！"

"啊……没关系啦，我也没在意。"

不过看千允澈的模样，我心里那点儿不快早已烟消云散了。

"其实，有那样的父母，我真的觉得很开心，但是我并不想生活在父母的光环之下。"千允澈接着说道，"就好像我每次出门，大家都会说，这是谁谁谁的儿子，他的爸爸、妈妈又有着怎么样的身份地位，你明白这种感受吗？"

原来是这么回事啊！

我记得曾经有个明星在做采访的时候，就坦言因为类似的事情而感到苦恼。父母的光环太大，就会不由自主地影响到孩子，也许对有些人来说，他们乐于接受父母的光环，但也有人会觉得不快，因为他们更希望大家关注的是他们本身，而不是他们的父母。

"我大概明白。"我了然地点点头，"就像我更希望大家说我做的面包比我老爸做的好吃，而不是说我做的面包和我老爸做的一样好吃。虽然都是夸奖，但其实差很多！"

"嗯，就是这个意思！"听到我的话，千允澈点头如捣蒜，一双眼睛闪闪发亮，像玛瑙一样。

迎着阳光，我惊讶地发现，他的眼眸竟然和头发一样，是浅栗色。

"那你喜欢做什么呢？难道你不想成为像你妈妈那样的美食家吗？"

"说出来不怕你笑话，其实……我想做明星。"说完，千允澈一脸憧憬地问我，"你觉得怎么样？"

听到千允澈的回答，我感到遗憾的同时又有些兴奋。

如果千允澈不跟他妈妈学习厨艺的话，那陈秋老师可不可以考虑收我为徒啊？

"可以啊，太可以了！你这长相、这身材，不去做明星绝对是暴殄天物！"

"真的吗？"千允澈一把抓住我的手，似乎难以置信，"你真的觉得我可以吗？"

"当然啦！"我用力点点头，有种鼓励小孩子去偷糖的感觉。

去吧，去吧，糖真的很甜呢！

"啪——"我用力把这个古怪的念头拍到脑海的某个角落，集中精神面对千允澈。

"郝甜甜，你知道吗？"千允澈激动得语无伦次了，"你是第一个鼓励我去做自己喜欢做的事情的人。"

第一个？

听到这三个字，我脑中的某根神经一紧，接着，我忽然想起鹿鸣野曾经

对我说过的一句话——你是第一个除了爷爷之外知道我名字来历的人。

"咕噜!"眼角的余光瞥到某人的背影,我咽了咽口水。

奇怪,我干吗想到那个破坏王、讨厌鬼、神经病啊!

"其他人总是叫我继承父母的事业,从来没有人关心过我的想法。"千允澈无奈地叹了口气。

"不不不……不用!"被千允澈再三感谢,我都觉得不好意思了,更何况我真的没做什么。

千允澈笑起来的时候很好看,和鹿鸣野夺目的笑容不同——我是说那个性格"可爱"的鹿鸣野,而不是现在这个鼻孔朝天的鹿鸣野。千允澈的笑容很耐人寻味,温柔的光芒从他浅栗色的眼眸里散发出来,就好像天上的明月,透过厚厚的云层,给黑暗的夜色点缀了一点光亮。

"我老妈曾经跟我说过,人生的道路要靠自己去走,而不是等别人铺好,正是因为每个人都不一样,才造就了这个巧妙的世界。"我在脑海中努力搜索老妈曾经跟我说过的话,想要鼓励千允澈。

"谢谢,我知道了。"千允澈激动的模样,让我都不好意思看他了。

你别用这样热情如火的目光盯着我,怎么说我也是个女孩子啊,而且这话也不是我说的,是我老妈说的。

避开千允澈的目光,我一扭头,刚好看到鹿鸣野沉着一张脸,而他身旁的刘欢心依旧热情不减地问着什么。

刘欢心这家伙还有完没完啊!说了这么多话,她都不渴吗?

我在心里对刘欢心直翻白眼时,鹿鸣野突然停下脚步,然后把手伸进口

袋里，接着我看到他拿出了一个面包……

什么！一个面包？

眼前的一幕太过诡异，我马上揉了揉眼睛，想确认不是我做面包做多了，所以出现了幻觉。

"鹿大人，你拿面包干什么？"刘欢心好奇地问道。

"饿。"鹿鸣野回答得格外简短。

看来刘欢心也看到这个面包了，那这肯定不是我的幻觉，可是我不记得他什么时候拿过啊。哦，对了，我记得临出门前，他说要去拿个保命的东西，难道就是指这个面包？

剥开包装纸袋，鹿鸣野把面包塞进嘴里，大大地咬了一口，然后闭着眼用力嚼了起来，表情陶醉极了。刚才还聒噪得像只小麻雀一样的刘欢心也被他的举动惊住了。

"真好吃！"就在我们目瞪口呆的时候，鹿鸣野扬起嘴角，笑得跟花儿一样。

鹿鸣野的脸就像天气一样，转眼间多云转晴。我转动眼珠子，看见鹿鸣野一边吃一边扯了扯愣在原地的刘欢心头上的"包子"，扯完一边，似乎觉得还挺有趣，又继续扯另一边。

"小丫鬟，你刚才说什么？"鹿鸣野笑眯眯地问道，脸上没有一点儿"霸道"的痕迹。

对于突然转变的鹿鸣野，刘欢心一时没反应过来，讷讷地说道："我问你，你觉得最有趣的事情是什么？"

　　"当然是做菜了！"鹿鸣野眼珠子一转，笑眯眯地反问道，"小丫鬟都问了我那么多为什么了，现在也该轮到我问你了吧！"

　　"鹿大人请问，我一定有问必答，知无不言，言无不尽！"被称为小丫鬟的刘欢心受宠若惊地点头说道。

　　看到此刻和刘欢心开心地玩问答游戏的鹿鸣野，我惊得说不出话来。相似的情景在我的脑海中浮现，一个疑问也渐渐浮上我的心头。

　　我曾经听说过，一个人饿的时候脾气会变坏，一个人吃到甜食的时候血糖会升高，心情也会随之变化，可是，鹿鸣野会不会太夸张了？

　　幸好鹿鸣野不像刘欢心那样，娱乐新闻看得多，稀奇古怪的问题一箩筐。虽然中途刘欢心有好几次都险些反客为主了，但又被鹿鸣野扳了回来，两人就这样一来二往，终于结束了这个无聊的游戏。

　　见此，我长长地吐了口气，一扭头，发现千允澈也用同样的表情看着他们。

　　"哎呀，好可惜啊，我都没能吃到鹿大人亲手做的拉面！刚才看那个厨师吃的时候，我有好几次都忍不住想抢过来……"游戏结束后，刘欢心又想到了拉面的事情，一脸惋惜地说道。

　　别说她，就连我也忍不住吸了吸鼻子，似乎这样就能重新感受到那股浓郁的香味。

　　既然拉面是鹿鸣野做的，他应该还可以再做一次吧。上次的汉堡包没吃到就算了，而且，现在的鹿鸣野很好相处，我要是满怀期待地望着他，他肯定能理解吧……

我不自然地咽了咽口水，有些期待地望向鹿鸣野。

"其实我还可以再做的！"果然，鹿鸣野看了我一眼，有些不好意思地咬着唇，红扑扑的脸颊显得十分可爱，"大家和我一起去甜甜家吧，我做给你们吃。"

"好啊！"刘欢心第一个跳起来拍手叫好，我也激动地点着头。

等的就是你这句话！等等！他刚才说什么？这个家伙竟然抢我的台词！那可是我家，要邀请至少也要先经过我的同意吧！我才是那个家名正言顺的主人，他不过是借住而已啊！

就在我内心纠结抗议的时候，刘欢心已经开始宣布道："千允澈也跟我们一起去吧！不过，你在拉面馆已经吃了一碗……"

"我没吃完……"千允澈小声说道，大概是怕我们以为他是大胃王，有些不好意思。

"没关系啦！"我看了刘欢心一眼，安慰地对千允澈说，"跟我们在一起不要太拘谨，不然我担心你的那碗面会被那丫头抢走。"

"呃……好。"千允澈大概不知道要说什么了，只好点头应道。

"那我们快出发吧，我已经饥渴难耐，口水都要流出来！更何况刚才根本没吃几口，现在还饿着呢！我要吃三碗！不，五碗！"统一意见后，刘欢心振臂高呼道。

我看了千允澈一眼，用眼神示意"你看我没说错吧"。千允澈点点头，面色一紧，颇有种上战场的感觉。

你的反应也太夸张了吧！还有，刘欢心，你不要再乱用成语了好不好！

记得看武侠小说的时候，作者都会写到这样一句话：天下武功，讲究的无非是快、狠、准。现在把这句话放到鹿鸣野做面的技术上，我觉得实在太合适了！

从进门到现在，我不过去了一趟洗手间，顺便给老妈回了个电话，再来到大厅时，鹿鸣野竟然已经端着四碗香喷喷的拉面走出厨房了……不，准确来说，是刘欢心跟在鹿鸣野的身后，把四碗拉面端了出来。

"当当当……香喷喷、美味又可口的鹿大人牌拉面新鲜出炉了，欲吃从速，后会无期！"刘欢心呐喊助威道。

我吸，我吸，我吸吸吸……这味道为什么比在拉面馆时还要好闻啊？难道是因为太饿了吗？

我跑到餐桌前，恨不得把脸都埋到碗里。

"甜甜姑娘，当心烫。"伴随着鹿鸣野温柔的声音，我的衣领像是被什么东西钩住了一样，整个人往后退去。

我的脸停在离碗不到一厘米的位置，碗里的热气扑到我脸上，将我整张脸蒸得通红。

"浑蛋，你想把我拉开，也得拉远点儿啊……"我咬着牙说道。

"我不是故意的。"鹿鸣野手上一用力，就准备把我再拉远点儿。与此同时，我抬头看到坐在我对面的刘欢心，一副快要憋不住笑的表情，重点是她的嘴里还有面。

"刘欢心，你敢？"

第四章
那是我完全没听过的世界

"甜甜姑娘小心！"

我和鹿鸣野的声音同时响起，接下来，眼前的画面如同慢镜头一般。

首先，刘欢心嘴里的面条如同喷发的火山岩浆般扑溅而出，眼看就要全部喷到我的脸上，鹿鸣野一把抓起餐桌旁的报纸，手腕转动间，报纸挡住了所有迎面而来的"攻击"。

"哇！"沉默了几秒钟之后，刘欢心猛地惊呼出声，"鹿大人，你简直太帅了！不但拉面做得好，就连身手也这么好！"

闻言，鹿鸣野腼腆地朝刘欢心笑了笑，接着看向我，问道："甜甜姑娘，你没事吧？"

"应该……没事吧。"我的大脑一片空白，几乎是下意识地回答道。

天啊，刚才的情景简直太刺激了！这简直是武侠小说里的场景啊！虽然我知道鹿鸣野身手不凡，但没想到他不凡到了自带后期特效的地步。如果安叔叔看到刚才的一幕，会不会相信老妈的话，认为鹿鸣野真是从杂技团偷跑出来的？

"鹿大人，你做的拉面太好吃了！"就在我胡思乱想之际，刘欢心充满惊喜的声音再度响起。

对哦，我还没吃拉面呢！

回过神终于想起拉面的我，正打算去好好品尝品尝，却不想一低头就发现我碗里的面像长了腿一样，慢慢地往前移动。

我顺着面条往前看……

"刘欢心，刚才的事我没计较，你皮痒了是不是？"刘欢心这个吃货，

吃完了自己的拉面，竟然还想偷我这份。

"嘿嘿，被发现了！"刘欢心傻笑一声，快速咬断面条，"这可不能怪我，要怪只能怪鹿大人做得太好吃了，容易让人犯罪，这真是前无古人，后无来者，天上人间只此一家！"

你能说得再冠冕堂皇点儿吗？

我像母鸡护犊似的揽过碗，赶紧大口开吃，而刘欢心则在一旁虎视眈眈地看着我。

我不由得想起她那句"我早已饥渴难耐了"。

"甜甜，你吃慢点儿，别噎着……"

"甜甜，你的吃相真是太难看了……"

"哎呀，你把碗都要吃掉了……"

"好甜甜，乖甜甜，你就给我留点儿汤吧！"

由于我坚决不让刘欢心碰我这碗面，导致她一时间对我爱恨交加，一边喋喋不休地数落我，一边阿谀奉承地讨好我。

"鹿大人，你的拉面的确做得很好吃呢，拉面馆的面根本不能和你的相提并论，怪不得那位厨师要拜你为师！"安静优雅地吃完了自己那一份，千允澈禁不住开口称赞，不过……他对鹿鸣野的称呼是怎么回事？

"你干吗叫他'鹿大人'？"我疑惑地问道。

"他不叫'鹿大人'吗？我听你朋友这么叫的。"千允澈说着，看了一眼刘欢心，只见刘欢心也一脸疑惑地看着他，"怎么？我叫错了吗？难道他不叫'鹿大人'？"

"喀喀。"我假装咳了咳，忍住想笑的冲动解释道，"他叫鹿鸣野，鹿大人这个称呼是刘欢心出于崇拜才取的，不是他的本名。"

"啊！原来是这样啊，我还以为……"得知事情的真相，千允澈也尴尬起来，脸涨得通红。

"对了，鹿鸣野，这个拉面你到底是怎么做的啊？为什么你做得特别好吃？"为了化解尴尬，我只好将话题转移到大家都很关注的拉面上。

果然，听到我的问题，刘欢心和千允澈都点了点头，然后一齐望着鹿鸣野。

这年头做好人不容易啊！

"其实也没什么。"鹿鸣野想了想说道，"只要注意刀工、火候还有原料就好了，比如说面，面揉的时间一定要长，最好还能放置一段时间，然后再揉，直到光滑如缎，这样拉的时候才会筋道，不会断掉。做的时候呢，则要控制好时间，要不然再好的面也会煮烂，还有，上面的配菜一定要新鲜，注意切菜的方式，还有菜放进去的先后顺序……"

鹿鸣野边说边比画，我不由得想起自己做饭时，每次都手忙脚乱，所有的东西都是一锅煮，每次煮出来都是"大杂烩"，怪不得生的生，老的老，烂的烂……

"其实你们也不用这么惊讶。"鹿鸣野无所谓地挥挥手，"在我们家族里面，这只是最简单的一道面食而已，就连三岁的孩童都能做得比那家面馆的好吃！"

我晕！又来了，你就可劲地吹吧，三岁的孩童有时候连话都讲不利索，

还做面呢！

"哇，你们家族是做什么的？开面馆的吗？"刘欢心顶着星星眼发问。

"我们家族只给一种人做饭！"鹿鸣野的脸上突然浮现出前所未有的自豪感。

"谁？"

"皇室！"

"皇室？"刘欢心惊讶得瞪大眼睛，"难道你们祖上是御厨啊！天啊，怪不得做的面这么好吃。这么说，我吃的面是皇帝吃过的？哇，真是太有纪念意义了！"

听着这两人的对话，我只想冷笑，也只有刘欢心这丫头才这么给面子地接话了。想当初我带鹿鸣野去公安局时，他还说他家住紫禁城呢！

"你们家族给皇帝做饭，又做得这么好吃，是不是皇帝一高兴就赏赐许多东西啊？你们家现在是不是有很多古董啊？天啊，御赐的东西呢，那可是国宝！没想到你竟然是个土豪！"

"土豪是什么？"鹿鸣野禁不住皱了皱眉头，"我们御厨世家每个人都拥有皇帝御赐的'神龙之火'，至于别的嘛，我没兴趣，也没注意过。"

"神龙之火？"刘欢心瞪大眼睛问道，"那是什么东西？是不是很贵？"

"贵？"

刘欢心点头如捣蒜："对啊，你没看电视上那些拍卖会吗？只要说是皇帝用过的，或者是皇帝给的，身价立刻直线上升！"

"哦！"鹿鸣野若有所悟地点点头，就在我们一致以为他要说什么的时候，却见他低下头看了看自己的手指。

算了，我就不该对刘欢心的话有所期待，如果鹿鸣野真是什么土豪的话，他也不用待在我家了。

"郝甜甜，早啊！"

次日，来到学校，我刚和刘欢心分别，就遇到了左手提着包子、右手提着奶茶的千允澈。

经过昨天的相处，千允澈对我的态度有了很大的改变，也许照这样发展下去，我很快就能见到陈秋老师了。

"早！"想到陈秋老师，我的心情也十分愉悦，立即笑着回应，不过嘴角刚刚扬起，就倒吸了一口凉气。

"你怎么了？"看到我的反应，千允澈满心疑惑，等见到我整张脸时，不由得讶异地问道，"你的脸怎么肿了？"

"没什么，不小心撞了一下。"我哭丧着脸，完全没有解释的心情，就算对方是我偶像的儿子。

呜……真是不提还好，一说到我的脸，我就想把刘欢心这丫头拉过来揍一顿！

昨天千允澈离开后，刘欢心临时决定跟我一起睡。可能是因为拉面的诱惑太大，这丫头就连晚上做梦都在跟别人抢拉面，结果我被她一脚踹下了床。更不幸的是，我的脸撞到了床头柜，肿了起来。后来我气得直接把她踹醒，但

这也改变不了我半边脸肿了的事实。

"都肿成这样了，一定很疼吧！"见我情绪低落，千允澈不知所措地问道。

"还好啦，不去碰就不疼……"

我和千允澈一边聊一边往教室走去，在转角的地方，我脚一崴，差点儿踩空。

"小心台阶！"千允澈连忙抓住我的胳膊。

稳了稳身子，我看了一眼扶着我的千允澈，总觉得他把我当成了孕妇……不对！是老奶奶。

"不用扶了，我真的没事。再说了，我只是撞到了脸，又不是腿，上楼梯还是没问题的。"说完，我还想冲千允澈笑一笑，让他安心，结果不小心拉扯到伤口，我忍不住低呼一声。

"都这样了，还说没事！"千允澈微微皱眉，继续扶着我的胳膊，"小心点儿，已经到了……"

我受伤的是脸，不是脚，真的不用扶……

在千允澈的搀扶下，迎着同学们震惊的目光，我缓缓走到了教室。没办法，千允澈说受伤不要走太快，尽管我再三强调我的脚真的没问题。

"甜甜，这是我早上在我们家楼下的小吃店买的蟹黄包，不知道你喜不喜欢。"我刚坐下，千允澈就把手中的早餐递给我，与此同时，我感受到周遭的空气迅速变冷。

啧啧，疯狂的粉丝团不好惹啊！看刘欢心那个丫头就知道了。

"那个……你还是自己吃吧。"

"你别误会，我没有其他的意思，我只是想谢谢你昨天帮忙而已。"千允澈红着脸，吞吞吐吐地说道。

我总觉得他这副表情反而更容易让人误会。

"我吃就是了，你以后就别再谢我了，听着怪别扭。"不就一个包子嘛！正好我今天出门早，没吃太饱。

"嗯！"千允澈点点头，笑着把手中的包子递给我，然而在我吃完第一个包子之后，他又给我一个。

好吧，我确实还可以再吃一个，但是当第二个包子下肚后，千允澈又递给了我一个，并且笑得十分贴心："甜甜，你慢慢吃，我这里还有很多。"

"不用了，我已经很饱了……嗝！"我拒绝了千允澈递过来的包子，语毕，还十分应景地打了个饱嗝。

见我吃撑了，千允澈不好意思地抓了抓头发，递上一杯奶茶："你吃了那么多包子，喝杯奶茶解解渴，消化一下吧！"

包子都吃不下了，还怎么喝奶茶？而且奶茶有促进消化的功能，我怎么从来没听过？

此时此刻，我深深地觉得，千允澈没有进入料理界，真的是料理界的大幸！

"郝甜甜，外面有人找……"就在我快被千允澈的热情击败时，好心同学的呼唤拯救了我。闻言，我拔腿就跑，不过刚到门口就愣住了。

只见女生们里三层外三层，把教室门口堵得严严实实，而且叽叽喳喳的

讨论声就像在菜市场一样。

就说嘛，怪不得刚才千允澈给我包子时没人说闲话。我当时可是无比希望有一个蛮横不讲理的千金小姐，一把拍掉千允澈手中的包子，然后趾高气扬地对我说"我不许你吃"，我也一定会回答一声"好"，然后化作尘土，随风而去……

"嗝——"不行了，满嘴都是蟹黄味，我要有阴影了。

"哇，古装帅哥！感觉像是从漫画里走出来的！"

"是搞cosplay（角色扮演）的吗？"

"听说是来找人的……"

"郝甜甜是谁啊？怎么那么幸运……"

在嘈杂如麻雀开会的议论声中，我似乎听到了自己的名字，再加上其他关键词，我大概猜到来者何人了。

"让开！拉拉扯扯成何体统，不知道的还以为你们是女土匪呢！"突然，一个恼羞成怒的声音从人群中传来。

"天啊！他生气的样子也好帅哦！"

"对啊对啊！"

这些女生真是太不矜持了！哪像我。等等，为什么跟千允澈同桌第一天的画面会闪过我的脑海？不对！我当时肯定很矜持！

"甜甜姑娘！"仗着身高优势，鹿鸣野很快就看到了我，然后运用自己灵活的身手，一把抓住我，往楼下跑去，等跑到人少的地方才停下来。

"阿姨让我来给你送药。"我跑得气喘吁吁，鹿鸣野却像没事人一样，

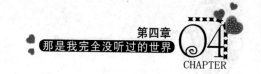

把手中的东西递给我。

老妈？怎么可能！

听到鹿鸣野的话，我虽然心有怀疑，但没戳破，扫了眼手里的药袋——有喷雾剂，消肿的药膏，外加两个热乎乎的鸡蛋。

果然不是老妈的手笔，因为老妈煮的鸡蛋绝对不会这么好看。更何况为了避免老妈泪流成河，我早早就出门了，她怎么会知道我的脸受伤了呢？不过，鹿鸣野又是怎么知道的？

"谢谢！"脑中一番快速分析后，我对鹿鸣野说道。

"不，不用……"鹿鸣野结结巴巴地说道，"那个……甜甜姑娘，你知道怎么用吧？我问了大夫，大夫说里面有什么'说明书'，就是一张字条，上面写着教你怎么用，你要是看不懂，我再给你讲一遍，我让大夫亲自给我示范了……"

"亲自示范？"

"对啊！我特意让大夫给我示范了一下怎么用。"鹿鸣野说着卷起袖子，比画了一下，"这样挤一挤，就有药喷出来，然后揉一揉。"

我们现在正站在樱花林中，此时，一阵风吹过，满树粉色的樱花落下，配上鹿鸣野这张如画般的脸，明明又傻又蠢的动作，竟然变得温馨起来。一时间，我的喉咙像是被什么东西堵住了一样，胸口也有点儿难受。

"什么大夫，那叫医生。"我拍开鹿鸣野比画的手，故作镇定道，"你怎么知道我受伤了？"

"是小丫鬟告诉我的。"

"什么时候？她不是和我一起出门的吗？我明明没看到你。"

"我在厨房做早点呢，小丫鬟闻着香味溜进来时说的，她说昨天不小心把你踢下床，撞到了脸。"

闻着香溜进去？听到鹿鸣野的话，我的额头上滑下三道黑线。

我就说嘛，我不过是刷个牙，她能去哪里买煎饼？而且我也不记得我们家附近有哪家店卖这么好吃的煎饼。

"对了，你没告诉老妈吧？我就是怕她太担心，万一孟姜女上身，把我们家哭倒了没地方住，所以瞒着她的。"

"没有没有！"鹿鸣野赶紧摇头否认，"我猜想甜甜姑娘也有自己的想法，所以没有多嘴。"

鹿鸣野乖巧的时候还真是善解人意，不错不错！

看着手中的药袋，我发自内心地对鹿鸣野表示赞美。等等！药袋？

"你哪里来的钱？"

"是阿姨给我的，说要我去买自己喜欢的东西……"

自己喜欢的东西……

完全忽视掉老妈给鹿鸣野零花钱的事，我的内心被那句"自己喜欢的东西"震撼到了，脑海里又开始冒出一些乱七八糟的少女漫画情节，类似于"你就是我最喜欢的东西"……啊！不行不行！鹿鸣野这家伙乖巧的时候太会迷惑人心了！

放学后，我迈着轻快的步伐来到店里，一进厨房就看到老妈在用很不专业的语言给鹿鸣野讲怎么做面包。

"甜甜回来了，就让她来教你吧！我去前面看店！"看到我回来，老妈抹了把额头上的汗，长舒一口气，然后一溜烟跑到前台。

"你想学做面包？"

"你的脸好多了。"

老妈离开后，我和鹿鸣野异口同声道。说完，我们俩忍不住笑了起来。

"对了……"笑过后，鹿鸣野小声问道，"你的脸还痛吗？"

"好多了，谢谢你的药！"我将受伤的半边脸扭过去给他看，"怎么样，是不是快看不出来了？"

"嗯！"见我突然靠近，鹿鸣野的脸瞬间涨得通红，不知所措地揉着手里的面，好一会儿才说，"我听不懂阿姨说的，总感觉和你做的时候有些区别，你看这面……"

我顺着鹿鸣野的视线望去，看到他手中的面团时，简直欲哭无泪。

老妈，您以后还是别误人子弟了！这面根本不是面包专用粉，而是面粉啊！而且这揉面的方式……根本就是在蒸馒头嘛！

平复一下心情，我苦笑着跟鹿鸣野解释了一番，顺带把做面包的面粉拿了出来，就像老爸教我的一样，一一说给鹿鸣野听。

"看起来跟蒸包子差不多啊！"鹿鸣野开口说道。

"是吗？我没有蒸过包子呢。"

"你看！"鹿鸣野边说边捏下一小团面，双手张合间，也不知道怎么弄的，一个小巧的包子就躺在了他的手心，而且看起来还蛮不错的。不知道把面

包做成包子的形状会怎么样……

这一念头刚在我的脑海中闪过，我就看到鹿鸣野走到冰箱旁，然后从里面翻出了许多馅，开始做包子。我惊讶得半天合不拢嘴。

这家伙该不会有读心术吧！

鹿鸣野做了两个包子后，又开始把面团捏成各种不同的形状，有的把馅儿包在里面，有的包在外面，不一会儿，整个砧板上就躺满了各种动物、鲜花、水果样式的"面包"。

"怎么样？我说得没错吧！"鹿鸣野拍拍手，一脸得意地看向我。

"何止没错，简直是太棒了！"我说完，快速把这些东西装进盘子里，然后放进烤箱。

这个创意实在是太棒了，明天的面包一定会卖得很好！

"你们这里的东西真是太神奇了，就这样开关一拧，不一会儿就把这些面包烤熟了。还有这个东西，把鸡放进去，自动就蒸好了。还有那个叫'电磁炉'的，虽然看不到火，但是能把菜炒熟……"听着烤箱发出嗡嗡声，鹿鸣野说道，接着，他又把我家所有电器都夸了一遍。

"不过，你们这里的东西真是太难吃了！"接着，鹿鸣野话题一转，皱起了眉头，"那个叫汉堡的，既没创意，又没营养，随随便便把一个鸡腿啊、菜叶啊，堆在一起就拿出来卖，真搞不懂为什么会那么多人去吃……"

"当然是为了方便啦，要不然怎么会叫快餐？"我解释道，同时想起相处以来的这几天鹿鸣野奇怪的举动。

鹿鸣野这家伙到底生活在怎样的地方啊？难道是偏远的小山村吗？手

机、电脑没见过，各种电器不知道，公交车没坐过，甚至连汉堡也没吃过。

难道他真像上次在公安局说的那样，自己是什么御厨世家，还有什么皇帝，去寻找海外美食所以跟家人走散了？算了，这样的故事还是太扯了！可如果不是这样的话，那鹿鸣野的厨艺又是怎么来的？明明年纪跟我差不多，料理水平却丝毫不亚于国际大厨，还有那一身诡异的功夫。

"你的家乡是什么样子的？"我好奇地问道。

"我的家乡……"刚才还抨击汉堡难吃的鹿鸣野，听到我的问题，一下子沉默了，神采奕奕的眼睛也暗淡下来，好一会儿才说，"我的家乡没有你们这里这些神奇的东西，也没有这么好吃的面包，当然啦，我们那里的姑娘也不像你一样，简直太大胆了……唉，不知道爷爷现在怎么样了。"

对了，根据鹿鸣野的说法，他跟他爷爷是遇到了海啸，所以失散分开。但如果真是这样，为什么最近网上没有与海啸相关的报道？加上警察查不到他的身份……唉，这个家伙身上真是疑点重重，想得我头都大了！

"我的厨艺都是爷爷教的，不过爷爷对我做出来的东西还不满意。他总说我没有用心，所以带我去寻找他国美食，希望能够让我认识到自己的缺点，可是没有想到……"鹿鸣野的叙述还在继续，说到后面，声音越来越小，两只手更是紧紧地握在一起，胸口也一起一伏的。

天啊，他不会哭了吧？先不管事情真相如何，跟家人失散这种事确实挺惨的，想到身在天堂的老爸，我也忍不住悲伤起来。

"鹿鸣野，你别难过，我们总有办法……"

"甜甜姑娘，你有没有闻到什么烤焦的味道？"我的话还没说完，鹿鸣

野突然抬起头，我这才发现，他刚才根本不是在哭，而是用力吸气。

"烤焦的味道？"我喃喃道，目光一转，只见烤箱里正冒出阵阵黑烟。

啊，完了！我的面包！

第五章

这也许不是你生活的地方

05
CHAPTER

　　"甜甜，我觉得你们家的面包真是越来越好吃了，而且这造型也特别漂亮！你什么时候能把面团捏成玫瑰花了，我怎么不知道？"刘欢心一边吃一边说，嘴里的面包还没咽下去，又忙塞一个，说话间，"噗"地喷出一小块面包屑，吓得坐在她对面的我赶紧闪向一旁。

　　"你还是先吃完再说吧。"一贯优雅进食的千允澈好心提醒道。

　　闻言，刘欢心抱歉地笑了笑，手中的动作却一刻也没停下来。

　　对比两人，同样吃的是面包，但看起来像是不同种族的进食方式……你可别乱说，我绝对没有说我家欢欢是猪！

　　"有那么好吃吗？你也太夸张了吧……"看到刘欢心饿死鬼投胎的模样，我满脸狐疑。

　　今早来学校的时候，我带了两大盒面包，这些面包正是昨天的"新品"，现在见刘欢心吃得津津有味，我又嘴馋了。

　　"说好了是拿给我们吃的！"我刚伸出手，刘欢心就飞速把盒子抱进怀里，警惕地瞪着我。

　　"我只是试一口而已。"我淡定地解释，绝对不承认是嘴馋了。

　　"你自己做的，难道你没吃过吗？"

　　"就因为是我自己做的，所以我还没有尝过……"

　　"少来了，你没有尝就敢拿出去卖，你以为我是三岁小孩啊！"

我收回手，鄙夷地看了刘欢心一眼。只见她一手遮着盒子，一手的食指和中指从纸盒的边缘插进去，然后从里面扯了一小块面包，并快速塞进嘴里，那模样要多滑稽就有多滑稽。

哼！你就抠吧，看你待会儿还吃不吃得下糖醋排骨！

我坐直身子，迎着刘欢心好奇的目光，慢悠悠地拿出饭盒并打开。顿时，一股难以言喻的香味溢了出来，将肚子里的馋虫尽数勾起。

"天啊！这是鹿大人给你做的糖醋排骨吗？"抱着面包盒，刘欢心飞快地将头探过来惊呼道。

真是的，这丫头简直太贪心了！

"难道鹿大人是我肚子里的蛔虫，知道我已经想吃这道菜许久了吗？"见我没回答，刘欢心接着说道，伸手就要往我的饭盒里伸。

"这是他特意做给我的，没有你的份！"我学着刘欢心的样子，迅速盖上饭盒说道，"更何况，他做的东西你今天已经吃了不少。"说完，我指了指她怀里的面包盒。

"什么？你是说面包也是鹿大人做的？"往纸盒里看了看，刘欢心一副不可思议的样子，然后恍然道，"我就说嘛，怪不得样式这么新鲜，味道这么独特，原来根本不是你的手笔啊……"

喂喂喂，这家伙到底懂不懂什么叫礼貌啊……

"不管！排骨和面包我都要吃！"话音刚落，刘欢心已经搂着我的脖子，开始和我抢饭盒了。

不得不承认，自从鹿鸣野来了之后，我的饭盒就成了刘欢心羡慕嫉妒恨

的对象。

别看这家伙平时一副弱不禁风的样子，其实力气真的很大。在我的严防死守之下，她竟然成功夺走了我的两块排骨……不对，是我饭盒里的排骨。

"好好吃哦，鹿大人做的料理就是不一样！"吃到拼命抢来的排骨后，刘欢心满脸的幸福。

哼，当年叫人家"小甜甜"，现在开口闭口就是"鹿大人"。

"鹿鸣野虽然跟我们一样大，却会做这么多美食，真的很不简单呢！"同样尝过排骨的千允澈很中肯地评价道，"我记得我妈妈说过，糖醋排骨最难得的地方就是火候要掌握好。骨和肉分离，但是肉又不能太老，否则就不香了，而骨煮的时间又不能过短，否则骨头里面的骨髓又出不来。但是看鹿鸣野做的，我觉得比我妈妈做的还要好，有时候我妈妈都做不出这样的味道……"

"不会吧！"听到千允澈的话，我和刘欢心惊呼道。

"其实我也不是很懂，因为我从来没有吃到过像妈妈说的那种标准的糖醋排骨，只是今天尝到鹿鸣野做的，感觉很像，所以忍不住班门弄斧了。"千允澈被我和刘欢心这样一看，不由得不好意思起来。

"管他什么骨肉分不分、离不离、合不合的，我觉得鹿大人所有的料理都是一级棒！"刘欢心欢呼道。

好吧，对于早就化身某人忠实粉丝的小丫鬟，我唯一的反应就是默默地抹了把汗。等回过神时，我正好看到她从我的饭盒里夹走一块排骨塞进嘴里，而且就算被我发现了，她也假装一副什么都没发生的模样。

啧啧！这个臭丫头，脸皮真是越来越厚了！不过说到脸皮厚……我禁不住扭头看了一眼千允澈。

还说自己的理想是成为明星呢，对于他这种被我和刘欢心盯着看都会脸红的人来说，明星这个职业难度挑战也太大了吧？如今这年头脸皮厚才是王道，更何况是聚光灯下被万人瞩目的艺人，如果真那么害羞的话，以后在舞台上怯场了怎么办？被人采访的时候说不出话怎么办？

"差点儿忘了告诉你们，这个周末我要去参加一个派对，你们也和我一起去吧！有很多好吃的哦！"吃完饭准备离开的时候，刘欢心突然说道。

说完，她还不忘搂着我的胳膊，笑得一脸谄媚："怎么样？够朋友吧，谁像你啊，老想着独吞……"

谁独吞啦！这个臭丫头，每次都把我的东西吃光不说，还各种诋毁诬陷我。

"甜甜去，我就去。"我正准备回绝刘欢心以打击她时，千允澈突然回答道，我险些被噎到。

呃……别把这种关系到两个人命运的事交给我做决定啊。

"这样啊！那我就替甜甜决定啦，所以到时候我们三个一起去！"不等我开口，刘欢心立刻拍板决定，我这次被噎得更加严重了。

你好歹决定着三个人的命运啊，能不能严肃点儿？

"是什么派对？"面对悲惨的现实，我无力地问道。

"是我们班的莫莉儿举办的'狂欢派对'，听说她特意请了本市最出名的糕点师。"一说到吃的，刘欢心两只眼睛瞬间亮得像几千瓦的灯泡，"甜甜，不是我说你，你可不能再故步自封了，你应该多看看别人的东西，博采众

长，取别人精华，去自己糟粕，这样才能将面包店发扬光大，不要辜负叔叔在天之灵嘛！"

我差点儿要为刘欢心这套说辞拍手叫好了，不过……莫莉儿？这个名字怎么这么熟悉？

"她好像也跟我说了。"千允澈思索了一会儿，问道，"是不是上周你们班负责升旗的时候做演讲的那个女生？"

"对啊！那么久的事你还记得啊？"刘欢心贼兮兮地笑道。

"不是的，不是的！"千允澈连忙摆手，然后飞快地瞥了我一眼，解释道，"只是她今天早上刚找过我，邀请我去参加派对，不过我拒绝了。"

"啊，对了！早上她好像也找过我，不过我也以要看店为由拒绝了。"经过千允澈的提醒，我也想起来了。

"哎呀！你们两个人真是气死我了，反正我不管了，到时候你们必须去！"刘欢心说着，伸出两只手，分别在我和千允澈的肩上戳啊戳，戳得我们两人同时后退再后退，她才心满意足地收手，临走时，还不忘交代，"敢不来，小心我揍你们！"

天啊，我家的小欢欢什么时候变得这么暴力了？难道是因为跟鹿鸣野那家伙玩多了吗？不对不对！我最近怎么老是想到鹿鸣野，而且不管什么事都能联想到他身上？这样不好，太不好了！我得"改邪归正"！

"你们收到莫莉儿的邀请了吗？"我和千允澈刚进教室，就听到班里一个和莫莉儿比较要好的女生兴奋地问道。

"我收到了！"另一个女生很快回应，"听说她邀请了很多人，还有高年级的学长学姐！"

"我也收到邀请了，可是不知道要穿什么衣服好⋯⋯"

一说到派对，收到邀请的几位同学立刻热闹起来，你一句我一句，纷纷发表自己的意见，其中一位女生看到千允澈经过，红着脸问道："千允澈，你也会去吧？"

"我吗？"千允澈反问道，一脸茫然地看向我。

真是的，看我做什么？嫌我过得太安逸了吗？就因为你最近一有什么事都跟我商量，搞得我现在都快变成女生公敌了。

随着千允澈的目光，那几位同学也不约而同地朝我望了过来。

"我记得莫莉儿早上问你的时候，你说有事不能去。"一个女生看看我，一脸的轻蔑。

"我当时的确说过，不过⋯⋯"

"那么千允澈到时候会去的，对吧？"不等我说完，女生再次望向千允澈，满心期待地问道。

敢情她根本不需要我回答啊！

淡定，我要淡定，老妈说了，女孩子不要爆粗口。

唉，女人心海底针！还是做面包容易多了。

"我会去的，甜甜也会去，希望大家到时候玩得愉快！"在我感慨之际，千允澈开口了，那种掌握一切、从容淡定的语气，让我不禁莞尔。

千允澈，你怎么了？你还是我认识的那个动不动就害羞的千允澈吗？难道你也被鹿鸣野传染了吗？

"甜甜，你想好到时候穿什么衣服了吗？"回到座位上，千允澈笑着问我。

"就……正常衣服吧。"

这还有什么好挑的，我只是想去试试糕点师傅的点心，又不是去选美，再说了，如果真是选美，我也不会去。

"我有一个朋友是做造型设计的，你要是有空的话，我们到时候一起去他那里看看吧？"

就服装造型的事，千允澈和我兴致勃勃地聊了起来，不，应该说他兴致勃勃地跟我聊了起来。也许明星这个职业对于时尚都有一定的追求，千允澈似乎对于打扮我很感兴趣。我深深地觉得，我应该做一款游戏，叫"甜甜环游世界"。

莫莉儿的"狂欢派对"就像一枚定时炸弹，再加上千允澈说他到时候会去参加，一时间，整个学校都在讨论这个话题。而穿什么样的衣服去参加，则成了女生们每天的"必修课"，就连冲着美食去的刘欢心，也忍不住被成群结队组团买衣服的同学感染了，约了我同去商场。在此之前，我当然是乖乖在面包店做面包。

"甜甜，那个男生好像是来找你的吧！"就在我和鹿鸣野讨论怎么才能让面包更好吃，味道更独特，造型更吸引人的时候，老妈的声音传了过来。

有人来找我？还是个男生？

怀揣着满心的疑惑，我刚走出厨房，就看到站在柜台前徘徊的千允澈。

"千允澈！怎么是你？你是怎么找来的？"我好像没有跟他说过我们家的面包店在哪里啊。

"我问了刘欢心，她告诉我的，她说她等会儿也会过来。"千允澈有些不好意思地说道，大概是觉得我的目光太赤裸……错了错了，是太直接。

我果然是看多了美剧，满脑子都是追踪、监视这种东西。

"小丫鬟要来吗？"鹿鸣野的声音突然从我身后传来，我吓得差点儿跳起来，拍着受惊不小的心脏，没好气地白了他一眼。

"你的面包都做好了吗？要是还没做好就跑出来偷懒……"看我一会儿怎么惩罚你！

我边说，边挥着拳头冲鹿鸣野比画了一下。

"差不多了。"鹿鸣野笑眯眯地说道。

这个精神分裂的家伙，乖巧的时候还真可爱。

"鹿鸣野……"看到鹿鸣野，千允澈惊讶地问道，"鹿鸣野也会做面包吗？我以为那天你是在和刘欢心开玩笑的……"

"当然不是开玩笑啦！"我解释道，"这家伙除了负责帮我们做饭外，也会来店里帮忙，这么大个人，总不能让他在我家白住嘛！"

"他一直住在你家？"我的话音刚落，千允澈忽然提高音量问道，神色也有点儿奇怪。

"对啊，刘欢心没跟你提过吗？"

"没，她倒是经常说鹿大人的好话……"

哦，对了！我怎么忘了这茬？说到鹿鸣野，刘欢心除了崇拜就没有其他

形容词了。

"对了，你还记得上次我和你说过，我有个朋友是做造型设计的吗？"停了一会儿，千允澈接着问道。

"记得啊！你还说有空带我去呢！"

"是这样，我给他看了你的照片……没经过你同意，还希望你不要介意，让他帮我替你选了一套衣服……"千允澈边说，边伸手拿过放在桌上的黑色大盒子。盒盖打开后，一件白色的裙子映入我的眼帘，就算以为香奈儿是卖香的我，也能感觉其不菲的价格。

"为什么送我衣服？"我不解地问道。

"当然是周末去参加派对的时候穿。"果然，千允澈的回答和我想象中的一模一样。

在我诧异的目光下，千允澈拿出盒子里的裙子，然后轻轻一抖，一件闪着光泽的白色短款小礼服就展现在我面前。

无袖、圆领的设计，宽大的裙摆，组合成经典复古的款式，再加上裙摆上用白纱剪贴出来的镂空花纹，整件礼服显得既端庄高贵又不失俏皮可爱，但是……为什么我觉得这件礼服更适合像包子一样可爱的刘欢心呢？

"这衣服好漂亮啊！"我在心里默默地抹了把汗，表面上还是很给面子地说道。

"这是我朋友自己设计的，她还给许多明星做过造型呢，自己也有品牌在卖。"

哇，听起来好高端的感觉！难道这就是传说中的私人定制？可是……我

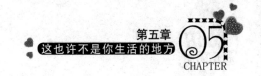

不适合这种风格啊！

"这件衣服很漂亮，但是我觉得不适合甜甜姑娘。"就在我不知道如何开口拒绝的时候，鹿鸣野突然上前说道。

"为什么？"千允澈脸上的笑容瞬间僵住了，不解地看向鹿鸣野，反问道。

鹿鸣野这一举动让我沉寂已久的少女心再次泛滥起来，偶像剧中男主角对女主角观察细微、了如指掌的画面一一浮现出来。

难道说……这家伙一直在暗中偷偷观察我、注意我？虽然他人格不稳定，有时候让人很讨厌，但他做得一手好料理，长得也不错……哎哟，好啦，我承认不是不错，是很帅！怎么办？要是他在这种时候突然对我……

"我觉得这件衣服应该适合长得白白嫩嫩、长头发的女生。"鹿鸣野拿过衣服往我身上一比，一板一眼地说道。

白白嫩嫩，白白嫩嫩……浑蛋！你确定你是在帮我，而不是损我吗？

"甜甜，我来啦！"就在我考虑是不是把鹿鸣野丢进烤炉的时候，刘欢心欢快的声音从门口传来，紧跟着，一团粉色的身影像龙卷风一样刮到我面前。

"鹿大人好！"看到鹿鸣野，刘欢心乖乖地鞠躬，尽管我觉得这个动作不是太好，但鹿鸣野似乎很受用。

对了，古时候小丫鬟见到自家主子都会问好，刘欢心被鹿鸣野影响得太厉害了吧。不过我到底该不该跟鹿鸣野说一声，刘欢心的动作标准得像参加丧礼呢？

　　"哇，好漂亮的礼服啊！甜甜，这是鹿大人送你的吗？你不是说好和我一起去逛街的吗？难道你要抛弃我吗？"直起身子后，刘欢心立马被鹿鸣野手里的衣服吸引住了，说完，还假惺惺地擦了擦眼里根本不存在的眼泪。

　　演技太差了，至少滴点儿眼药水吧……

　　"这怎么可能是我送的！"抢在我回答之前，鹿鸣野一脸嫌弃地否认，"甜甜姑娘太高了，不适合这种衣服，还是小丫鬟你比较适合。"

　　鹿鸣野，你今天是准备把所有人都打击一遍吗？说千允澈和他朋友没眼光，说我不够白白嫩嫩，现在又说刘欢心矮……

　　"其实这是千允澈送给我的！"就在众人无言以对时，我赶紧出来打圆场，"裙子是千允澈的朋友自己设计的，他朋友还给许多明星做过造型呢，还有自己的品牌。"

　　"啊啊啊！真的吗？快给我摸摸！这就是传说中的私人定制啊！"成功被转移注意力的刘欢心立刻激动地说道。

　　嘿嘿，不愧是我的好伙伴，连想法都跟我一样，而且这抗打击能力也是一流的！

　　"什么事情这么热闹？"就在刘欢心开心地直嚷嚷时，老妈从洗手间走出来问道。

　　"没什么事！"我赶紧否认，与此同时，一向嘴巴比脑子快的刘欢心更快地全盘交代了。

　　"是这样，阿姨，我们明天要去参加同学举办的'狂欢派对'，所以和甜甜约好待会儿去买衣服。刚巧碰到千允澈把这件礼服送给甜甜，还是高级定制品牌！我还是第一次见呢，所以有些激动。"

"派对啊！"老妈若有所思地说道，"甜甜，你把小野也带去吧，他来我们家这么久，不是在家里，就是在店里帮忙，一个人也挺无聊的。而且，你们要是去买礼服的话，帮小野也买一套吧，他现在穿的都是你爸爸的旧衣服，挺可怜的。"

无聊？可怜？拜托！老妈，他又不是来我家做客的！要不是我们，他指不定被人贩子拐跑了呢……不过，照他那张挑剔的嘴和喜怒无常的性格，估计人贩子也懒得拐他吧。

"好啊，这个主意好啊！鹿大人也去的话，到时候我们刚好四个人，嫌无聊凑一桌麻将都行啦！"刘欢心第一个拍手叫好。

"派对可以打麻将？"老妈听闻眨了眨眼。

"不是啦！老妈，您别听她胡说！"我赶紧推了推正处于兴奋状态中的刘欢心，转眼见到老妈脱下了围裙，疑惑地问道，"老妈，您这是要出门吗？"

"嗯！"老妈一边点头，一边扯着身上的衣服，不好意思地说道，"我这件衣服可以吗？安警官说请我去吃饭，应该不算失礼吧！"

吃饭！老妈终于要恋爱了吗？为什么我有种淡淡的忧伤？虽然老妈是长辈，但我平时照顾她更多，一种"吾家有女初长成"的感觉震撼着我。

"怎么会失礼？很漂亮呢！"平复了内心的激动，我连忙摇了摇头回答。

"没错，要是您和我们一起上街，肯定没人相信您是甜甜的妈妈！"刘

欢心也配合地说道。

"啊，难道是因为我太老了？"听到刘欢心的话，老妈立刻皱紧了眉头。

刘欢心这个家伙，应该直接告诉老妈，没人相信她是我妈妈，是因为看起来像姐姐，不然以老妈那一根筋的脑袋，怎么可能猜得到。

"她的意思是说你像我姐姐啦！"我赶紧拉住老妈的手解释道。

听到我的回答，老妈有些不好意思地拍了一下我的头，转而问鹿鸣野："小野，你觉得怎么样？"

"Good（好）！非常good！"鹿鸣野竖起大拇指说道。

鹿鸣野这家伙，自从和我一起看过美剧后，也开始迷上美剧了，动不动就把中文和英文放在一起说。

鹿鸣野是个老实的好孩子，嗯……从他之前得罪我的话就能看出来。得到确切的答案，老妈立刻眉开眼笑，拿着小包出门了。

老妈走后，得知我和鹿鸣野正在研究新品面包，刘欢心立即决定加入，顺带把千允澈也拉了进来。不过等到新品有点儿眉目的时候，我们也来不及去逛街了。对此，刘欢心满心怨念，拉着我聊微信聊到半夜两点多，抱怨说只能找以前的裙子穿了，害得我第二天醒来时精神不振。

"小甜甜，你起来了吗？"我刚洗漱完，就听到刘欢心发来的语音信息。

"刚起来，怎么了？"我一边打着哈欠，一边回了过去。

"那你快点儿哦，我已经在路上了！"

"路上？这才几点啊？你也太早了吧！"

"早？现在还差十分钟就十点了哦！"

什么？还差十分钟就十点了！

听到刘欢心最后一条语音信息，我又看了看时间，再三确认不是我眼花后，把手机丢到床上，开始在柜子里找衣服。结果找来找去，只找到T恤和短裤，或者长衫和长裤，或者背带裤。我记得我上小学时还穿碎花长裙来着……

"甜甜，你好了吗？小野等你很久了！"突然，老妈的呼唤声伴随着敲门声从门口传来。

呜呜……怎么都这样啊，明明知道我起晚了，也不早一点儿喊我！还说什么等了我很久！

"好了，好了！"我一边回答，一边往外走去，等到我打开房门，老妈看着我惊讶得合不拢嘴。

当然，绝对不是被我的造型惊艳到，而是惊吓。

"你就穿这个去？"老妈上下打量了我一番。

我低头看了眼自己的装扮——T恤和牛仔裤。好吧，我也觉得我这个样子不像是去参加派对的，而是去参加运动会的，不过……

"他穿的也没好到哪里去啊……"我扫了鹿鸣野一眼，不满地说道。

"甜甜姑娘，阿姨说了，我这叫复古风。"鹿鸣野反驳道，顺带拍了拍红色马褂上根本不存在的灰尘。

没错，鹿鸣野穿的正是他那套白袍加马褂跟布鞋的"复古装"，虽然他这身装扮常被人以为是cosplay，但布料和裁剪十分好，跟我相比，我确实过

于寒酸了。

"哎呀，无所谓啦！反正我只是去试吃点心的，看看能不能学到什么，或者得到一些灵感。我们快走吧，刘欢心那丫头在催我啦！"三言两语跳过老妈的问题，我赶紧收拾要带的东西。

手机、钱、钥匙、纸巾、笔、记事本……嗯，再带一个面包，防止鹿鸣野饿了抽风。

一切准备完毕，跟老妈道别后，我和鹿鸣野往公交站走去。车还没等到，手机又响了起来，我一看，果然是刘欢心打来的。

"小甜甜，你到了吗？"电话接通后，刘欢心焦急地问道。

天啊，这家伙今天到底是有多积极啊！

"在等车呢，你到了？"

"我还没到啦！路上堵车，我还以为你已经到了。如果你比我先到，记得一定要多抢一些好吃的给我！"

有没有搞错！打个电话来就是为了让我给她抢食物吗？

我顶着满脑门的黑线，挂断了电话。

虽然离派对开始还有十几分钟，但我和鹿鸣野到达目的地的时候，人已经来得差不多了。除了自助式的用餐，现场还放着火热的音乐，还有粉色的爱心气球作装饰。

"这个曲子听起来真不怎么样！"仔细听了一会儿，鹿鸣野点评道。

哎哟，这家伙还懂得欣赏音乐吗？

"那你倒是说说什么样的音乐才入得了你的耳。"我打趣道。

"什么样的宴会配什么样的曲子，如此吵闹的曲子，简直是不伦不类。"

"哎哟，你还嘚瑟起来啦！入乡随俗懂不懂？况且，你这身装扮在大家眼里才是不伦不类呢！"

"这可是我们御厨世家的统一服饰，代表了无上荣耀！"

我刚想讽刺鹿鸣野过于自恋的语气，手机却响了起来。

不会又是刘欢心这丫头吧！

"千允澈？"看到来电显示，接通电话后，我疑惑地问道。

"甜甜，你到了吗？"

"怎么？难道你也堵车了？"

"堵车倒没有堵，不过我临时有点儿事，可能会晚些到。"

"这样啊，没关系，反正这边有吃有喝，我等你们啦！"

"怎么了？"等我挂了电话，鹿鸣野问道。

"千允澈说他有点儿事，也要晚些来。"

"嗯。"听到我的回答，鹿鸣野若有所思地摸着下巴，点点头说道，"还是我可靠。"

是的，你最可靠，除了性格不稳定，哪里都可靠，但你的问题比他们严重多了好不好！

"既然他们还没来，我先去找点儿水喝。"看了看四周，鹿鸣野望着我说道。

"嗯，去吧！"

"我去了，你怎么办？"

"什么我怎么办？"

"你一个人在这里没问题吗？"

我扯出一个大大的笑容："你快去吧！"

不知道鹿鸣野今天怎么了，再三交代我不要乱跑后才离开，感觉我像是看到糖就会被人拐跑的小孩子一样，该不会是出门前又被老妈洗脑了吧？

"郝甜甜，真的是你啊！"鹿鸣野离开后，一个女生笑着和我打招呼。

"你好，请问你是……"

好吧，请原谅我实在无法把记忆中的人名和眼前这位穿得花枝招展的女生画上等号。

"你可能不认识我，我和刘欢心是一个班的，我经常听她提起你。"无视我的尴尬，女生依旧热情地自我介绍道，"听刘欢心说你做的面包超级好吃呢！对了，刘欢心还没来吧？不如我们去里面等吧，今天有很多好吃的呢，我们可以一边吃一边等，反正那丫头总能找到美食！"

"这个……"

"哎呀，你不要不好意思啦！来吧！"

我从来不知道，这个世界上除了刘欢心，竟然有人比她还要热情。我就这样被这位不知名的女生拉到了摆满食物的后花园。

"那个就是我们班的莫莉儿……"正当我的目光流连在餐桌上整齐排列着的各色糕点和饮料上时，女生热心地指着秋千上笑得像朵花一样的女生说道，"她左边那个女生是隔壁学校的，右边两个女生则是我们学校的学姐……"

"啊，是吗……"女生实在太热情了，尽心尽力的态度像极了旅行社的导游，正当我不知道该如何接下去的时候，她又指着不远处说道，"我看到一个朋友，先过去打声招呼，马上就来，你一个人在这里没问题吧？"

"没有，没有，你快去吧！"

也不用马上回来，多待一会儿，多待一会儿！

女生离开后，我终于有机会专心品尝桌上的美食了。我一边尝试不同造型的点心，一边细细记下味道。

嗯，不愧是本市最出名的糕点师，果然做得不错，虽然不及鹿鸣野，可还是别有一番风味。每种食材的搭配都洋溢着西方糕点的气息，像芭比的下午茶，充满着梦幻的味道……刘欢心说得没错，我真的需要多看看别人的东西，要不然故步自封，只有死路一条。对了，不如把这些都拍下来吧，免得我到时候忘记。

这个……来张单拍，还有这个，这个……还有这两个！哇，这简直跟动画片里的场景一模一样！天啊，白雪公主的房子，女巫的魔法球，为什么我从来没有想到过？

看着眼前的糕点，我恨不得多长几只手，把这些美味的糕点每样都偷偷带走一块。

"喂，你在干什么？"突然，一个高傲的女声在我身后响起。

在我还没从美食的诱惑中回过神来的时候，对方已经抓住了我的手机，并且在我错愕的当口，二话不说翻看起来。

"你该不会是想把这些照片发到朋友圈向大家炫耀吧？"女生扬了扬手机，一脸鄙夷地笑道。

"跟你有关系吗？"仗着身高优势，我一把抢回自己的手机，翻着个白眼问道。

"你……你……"女生大概没料到我会这么回答，一时之间不知道该说什么，"你"了半天，手抖啊抖的，就在我担心她下一秒即要晕过去的时候，她却下巴一扬，说道，"别做梦了，我最讨厌你这样的人了，一副穷酸样，还想要冒充上流社会！别以为坐着南瓜马车，就能参加王子的宴会！"

王子的宴会？宴会的主角明明是个女生好吗！

而且被我无视后，她还能悠然自若地把台词接下去，她是好莱坞的演员吗？

女生的举动让我哭笑不得，虽然我对此不以为然——有句话说得好，被蛇咬了，难道你还要咬回去吗？但是被她这么一闹，周围爱八卦的同学却窃窃私语起来。

"那个好像是三班的郝甜甜吧！"

"对啊，她最近可是学校的大名人呢，不仅和千允澈是同桌，还被各种照顾，谁有她那么好的运气啊……"

"可不是，大概就是因为这样，她才以为自己就是那只变成天鹅的丑小鸭吧！"

"就是，人家灰姑娘去参加宴会的时候，还知道借件衣服，她竟然那么不讲究，穿着T恤和牛仔裤就来了……"

虽然我告诉自己不要理会嫉妒中的女人的话，但心里还是忍不住腹诽。

拜托！T恤和牛仔裤碍到你们啦？有本事你们一辈子也别穿啊！再说了，我穿得讲不讲究关你们什么事，真是狗拿耗子——多管闲事。

"啊——"就在我胡思乱想之际，一声惊呼从我的身后传来，同时伴随着"哗啦啦"的碰撞声。我还来不及回头，就被人撞了一下，整个人不受控制地朝前面的餐桌砸去。

不要吧！这还真是一波未平一波又起啊！

跌倒的途中，我拼命挥舞着双手试图抓住什么，然而，就在我的手指快碰到旁边的椅子时，下落的身体突然被什么东西拉住了。同时，我只觉得眼前一花，身上仿佛有根无形的线将我牵扯住，在空中转了个圈后，我稳稳地停了下来。

周围响起一阵惊呼声，而内容无非就是犯花痴那一类。

"鹿鸣野？"稳住身子后，我抬头望去，刚好看到鹿鸣野紧抿着嘴唇，一言不发地盯着某处。

我顺着他的目光看去，只见一个身穿黄色裙子的女生跌坐在地上，而她的裙子上溅满了黑色的可乐以及一些食物。

看到自己的惨状，女生羞红了脸，在周围同学的搀扶下，挣扎着站了起来。

难道刚才的叫声是她发出的？幸好鹿鸣野及时赶到，不然现在倒霉的就是我了！

等等，鹿鸣野……

121

　　再次意识到鹿鸣野救了我这个事实，我这才注意到，此刻的我正被他拦腰搂着，彼此间近得不能再近。

　　"扑通扑通——"感受到鹿鸣野身体的热度，我的心不受控制地飞快跳动起来，不由得想起刚才大家的惊呼声，那个被电视剧、电影用到烂但是百看不厌的经典画面也在我的脑海中浮现——英雄救美。

　　"你知不知道这种垃圾泼到人的身上会过敏？"就在我各种想象的时候，鹿鸣野暴怒的声音突然响起。

　　听到这个声音，我打了个哆嗦，脑中警铃大作。难道鹿鸣野又"变身"了？可是他并没有吃过什么东西啊。

　　不对！刚才他不是说去找水喝吗？难道是因为喝了什么不好喝的东西？比如……我瞥到女生裙子上的黑点，难道是可乐？

　　"我……"听到鹿鸣野的话，受伤的女生委屈地咬着唇，接着目光一转，恶狠狠地对我质问道，"为什么你刚才不接住我？"

　　同学，脑子挺灵活的啊，你这是挑着软柿子捏啊！

　　"我为什么要接住你？"我不满地反驳道。

　　我刚才根本不知道发生了什么事情，别说刚才，我到现在还没反应过来。况且像她这种人，我可是十二分庆幸自己没接住她，以为我没看过"白莲花"女主角的小说啊，我才没那么傻！

　　"你知不知道我的裙子很贵啊？是我妈妈从国外给我寄回来的，就算是你卖半年的面包都买不起！"女生越说越生气，指着裙子上的污渍，愤愤道，"都是因为你，要不然怎么可能会变成这样？我才第一次穿，要是你……"

　　"够了！"女生还在喋喋不休，鹿鸣野怒吼一声打断她的话，"己所不欲，勿施于人，难道你不懂吗？要是你自己小心一些，怎么可能发生这样的事情？现在还把责任推给他人，你怎么不问问自己，为什么会发生这样的事情？"

　　"本来就是……"女生还想反驳，被鹿鸣野一瞪，立刻闭了嘴，目光凶狠地看向我，小声嘟囔道，"反正就是因为你，我的裙子才会这样的，你必须赔偿我。不过像你这样的人，大概赔不起，我真是倒霉……"

　　"笑话！"鹿鸣野再次打断女生的话，"就你这种垃圾货色，也好意思说贵重？血珊瑚、玻璃裙、冰雪蚕丝吐成的绸缎、青花瓷、金缕衣，这些你都见过吗？还好意思说自己的一条破裙子贵重。"

　　"你说的这些我们当然没有见过，那你又见过吗？就算你见过，你又能拿得出来吗？"有人不服气地质问道。

　　此话一出，围观人群开始骚动起来，每个人都看好戏一样看着我们。

　　"哼！"鹿鸣野冷哼一声，看着刚才提问的女生，不紧不慢地说道，"我说的这些东西，我现在确实拿不出来，不过可以拿一件小玩意让你先开开眼界。"

　　鹿鸣野说完，伸手在脖间摸索一番，然后抽出一根红绳慢慢往外拉。随着红绳越拉越高，绳子下方的吊坠也逐渐显露出来——那是一块雕琢精美、流光溢彩的玉石。

　　鹿鸣野拿着玉石的手一晃，在阳光的照耀下，玉石更是光芒四射。

　　我突然想到很久之前的一部电视剧，叫《寻秦记》，里面就出现了这样

一块流光溢彩的玉石——和氏璧。

"天啊！好漂亮……"

"这块玉看起来很值钱的样子啊！"

"岂止是值钱，应该是价值连城吧……"

"这块玉是什么品种啊？我跟爸爸去过几场玉石拍卖会，从来没见过这种玉石，至少得上亿吧！"

听到家中从事玉石行业的同学说出"上亿"这个价钱，所有人都开始将话题转移到鹿鸣野手里的这块玉上，也有越来越多的人慢慢围过来。

这时，刘欢心的话就像一枚炸弹，突然在我的脑中炸开——

"你们家族给皇帝做饭，又做得这么好吃，是不是皇帝一高兴就赏赐许多东西啊？"

给皇帝做饭……御厨世家……难道这块我从来没有见过却看起来非常贵重的玉，真是皇帝赐给鹿鸣野他们家的？那么鹿鸣野以前所说的事情，难道也是真的？可是，如果这些假设成立的话，那是不是也代表鹿鸣野有可能来自另一个世界？

想到鹿鸣野的身份一旦曝光后极有可能被抓去研究，我的脑海中不由自主地浮现出一群考古学者围着鹿鸣野转来转去的画面，什么抽血，验发，甚至开膛破肚……

啊，不要！一定不能这样！绝对不能让鹿鸣野的身份被人发现！

"不可以！"我猛地大喊一声，同时一把抱住鹿鸣野，然后将早就准备好的面包塞进他的嘴里。

　　我的举动太过突兀，被我这么一捣乱，周围的人群立即安静下来，就连一直处于剑拔弩张状态的鹿鸣野也因为吃到了面包而安静下来。

　　"咦？那边好像是千允澈！"就在我苦苦冥思接下来该怎么办的时候，突然有人激动地大声叫道。紧接着，刚才还把我和鹿鸣野团团围住的人已经纷纷后退，转而去围观千允澈了。

　　好奇心这东西真是来得快去得也快啊！

　　我长长地吐了口气，赶紧拉着鹿鸣野往人少的地方走去。

　　"甜甜姑娘，我们要去哪里？"回过神，鹿鸣野不解地问道。

　　去哪里？听到鹿鸣野的问题，我抬头一看，不禁愣住了。

　　哎呀，我刚才只想着要带他赶紧离开，没想到已经走这么远了。算了，正好我要好好跟鹿鸣野说一下，以后再也不能做这么危险的事情了！

　　我握了握拳，环顾四周，发现没有什么人，才小声说道："鹿鸣野，有一件事情，我不知道你自己知不知道？"

　　"什么你不知道我自己知不知道？甜甜姑娘，你是在说绕口令吗？"

　　"不是啦！是……你不是跟我说过你家乡的事情吗？"

　　"对啊，怎么啦？"鹿鸣野满脸疑惑。

　　"你有没有觉得我们这里……"说着，我伸手指了指自己身上的衣服，又指了指鹿鸣野身上的衣服，"跟你们那里有很大的不同。"

　　"嗯……好像是有些不同。"鹿鸣野若有所思地点点头。

　　"还有，我从来没有听说过你们那个地方……"在这个通讯如此发达的时代，没有听过代表了什么？

"所以……"鹿鸣野皱了皱眉头，不解地看着我。

"所以，我想你也许，可能……不属于我们这个世界！"最后的结论一出口，我被自己的想法吓了一大跳。

"不属于你们这个世界？"鹿鸣野不太理解我的意思，"你是说我们两个国家之间隔得很远吗？"

"不是国家。"我挥手打断他的话，"是世界！"

"真的吗？"

"我这不是怀疑嘛！"听到他的话，我下意识地说道，等回过神，却发现鹿鸣野根本没张嘴，"刚刚是谁在说话？"

第六章
就算说出去也没人信吧

06
CHAPTER

"刘欢心！"看清来人是谁，我松了口气。

她和千允澈是什么时候来的？我怎么一点儿动静都没听到？还是我太专注鹿鸣野的事了？不过，鹿鸣野这家伙明明面对刘欢心和千允澈来的方向，怎么也不告诉我一声？

"除了他们两个，没有其他人了。"看到我紧张地四处张望，鹿鸣野说道，"百米之内的声音我都能听到的。"

百米之内？

听到鹿鸣野的话，我、刘欢心和千允澈三人都震惊得半天合不拢嘴。

"那你刚才为什么不提醒我一声？"我恨恨地问道。

"我没有想到你会和我说这些，而且小丫鬟和千允澈他们也不是别人，所以……"鹿鸣野不好意思地摸着鼻子，傻笑道。

真是太过分了，这个家伙，别人替他担心得要死，他自己却完全不当一回事。

"要是你下次再这样，小心我揍得你鼻孔出血！"我握着拳头冲鹿鸣野扬了扬，咬牙道。

"遵命，长官！"鹿鸣野说着，行了个标准的军礼。

这家伙，要不要这么入乡随俗，不但抬头、挺胸，还撅屁股，更可笑的是，连语气都学得惟妙惟肖。

"哈哈！"见状，刘欢心忍不住笑道，"鹿大人，你真的太可爱了！"

"不光可爱吧。"千允澈笑着调侃道，"刚才我和刘欢心过来的时候，一路上都听到大家在议论你刚才的'英勇事迹'。"

"对哦，对哦！"被千允澈这么一说，刘欢心立刻眼冒桃心地看向鹿鸣野，"真是太帅了，简直是超人再现！鹿大人，你总是这么出乎我的意料！"

光听听就已经崇拜成这样，那么刚才亲眼看到的那些人呢？

刘欢心的话让我不由得心头一跳，双手也不自觉地握紧。我满是担忧地望向鹿鸣野，却不想他回头冲我一笑，安慰道："别担心，没那么容易被人猜到。更何况你不是跟我说过，你们这里有许多武术学校吗？会武功应该不是件什么了不起的事情吧！"

对啊，果然是关心则乱！

中华功夫就像中国的瓷器一样，人尽皆知，我怎么忘记了？比如李小龙，电视上不是还说他一秒可以打出十三拳吗？这样一来，刚才的事情完全可以解释通了，更何况老妈以前也说过，鹿鸣野是从杂技团跑出来的。

"你刚才说关于鹿大人身份的事情都是真的吗？"正当我庆幸这一关总算解决的时候，刘欢心突然问道。

"这只是我的猜想而已。"我想了想，回答道，然后再三叮嘱刘欢心和千允澈不要把这件事情说出去，才将自己的怀疑说了出来，"其实我也只是怀疑，也许鹿鸣野来自一个我们未知的世界。听他的描述，我觉得他的家乡有点儿像中国的古代。"我简单地把鹿鸣野的家乡介绍了一下，又继续说道，"可我们历史上从来没有一个叫'天元朝'的朝代，所以，我觉得他可能不是现代

人……"

听完我的话，刘欢心和千允澈惊讶得张大嘴，两人瞪大眼睛，看看我，又看看鹿鸣野，半天说不出一个字。

说实话，要是今天说这番话的是别人，估计我也会跟他们一样的反应，但是鹿鸣野身上不同寻常的地方确实难以解释。

我扭头看了一眼鹿鸣野，只见他似懂非懂，一脸茫然地看着我："我一直以为我是到了别的国家……"

"我刚开始也是这么认为的。"我回答道，"但是我在网上查过，根本没有你说的那个地方，还有你出现的时间和发生海啸的地点，所有类似的线索我都查过，完全没有相关的信息。就算是有因海啸出事故的船只，也是很多年以前……"

"我也没有听说过！"终于，反应过来后的刘欢心点头附和道，"我们现在的历史也不一定全面，历史上有许多朝代，比如五胡乱华，史料根本不全，还有在《史记》之前，根本没有真正的记载，基本上都是拼凑而成的……"

说到历史，刘欢心开始侃侃而谈起来，那兴奋的模样，不过也多亏她有个念考古学的老爸，才说得这么有根有据的。

"对哦！我记得前段时间网上流传过一张中国版图，说是中国现在的模样基本是在清朝以后的。在最初的时候，中国也只是在黄河流域的一小块，随着时代的变迁，中国的版图一直在不停地变化。所以说，也许你所在的那个朝代并不是我们不知道的，而是不属于当时的中国。"听刘欢心这么一说，我顿时豁然开朗，同时也更加坚信鹿鸣野是从某个我们不了解并且没有记载的年代来的。

　　"可是，你们真的相信时空可以逆转，或者现代的人可以回到过去吗？"就在我和刘欢心以为事情的真相终于要揭露时，千允澈的话就像一盆冰水一样浇到了我们身上，"我前段时间看过一篇报道，说是有许多现实世界平行存在，比如在这个现实世界，我们是朋友，但是在另一个现实世界，我们有可能就是陌生人。或者在第三个现实世界，我们可能正在打架，《救世主》看过吧？这是多宇宙存在的时空，但我们不知道有多少个现实世界，也不知道我们到底在另外的现实世界过着怎样的生活，所以我觉得，鹿鸣野也许是从另一个现实世界过来的。"

　　好吧，千允澈的多宇宙现实世界论成功把我弄成了圈圈眼。我扭头一看，鹿鸣野比我还惨，完全处于茫然的状态，倒是刘欢心若有所思地说道："听起来也不是没可能，但是，就算是多宇宙相互牵引存在，那么他也只能通过时空隧道而来！"

　　"也可以说是，但也可以说不是啊……"

　　"怎么就不是了？明明就是！"

　　讨论到这个问题，千允澈意外地坚持。两人各持己见，一心想要证明自己的观点是对的，于是你一句我一句，眼见场面就要失控，我生怕两人打起来，抹了把冷汗，赶紧跳出来阻止。

　　"不管怎样，总之，鹿鸣野可能不是我们这个世界的人，这件事情我们千万不能说出去！"

现在可不是在开什么科普大会。

"放心吧，我这个人一向嘴巴很严的！"刘欢心边说边在嘴边做了个拉拉链的动作。

"是是是，你嘴巴最严了！"我表面上笑着回答，内心却忍不住腹诽。

信你才怪！不知道是谁把我小时候闯进男厕所打人的事到处宣扬，也不知道是谁把我随口说的一句喜欢像某某这样的男生的话四处散播，最后谣言四起，变成我暗恋对方许久，但是最后表白未果，所以发誓见对方一次打一次……

"看起来这个派对也没有什么意思，不如我们走吧！"就在我悲愤地在心里列举刘欢心种种"罪行"之时，千允澈突然提议道。

"好啊！"刘欢心几乎不假思索地同意了，"他们那样对鹿大人和甜甜，早知道我就不来了，还说什么全市最好的糕点师，做出来的糕点除了样子好看外，口味和甜甜做的面包真是差远了！"

"不是吧！"我难以置信地看向满脸悲愤的刘欢心，"你确定你不是在说梦话？"

"刘欢心说得没错。"千允澈十分肯定地说道，"虽然不至于难吃，但是味道真的挺普通的，和你们家的面包相差甚远，不过是外形华丽罢了。"

"真的吗？我刚才还在惋惜有很多漂亮的糕点没试过呢！"不过话说回来，那些漂亮得如梦似幻的糕点，看着就让人很有食欲，总比那些看起来普通，味道再好都没人问津的食物卖点更高吧！

"你就装吧！"刘欢心鄙视地朝我龇了龇牙，"心里不知道乐成什么样了……”

“这你也知道？”

臭丫头，不跟我抬杠浑身就不舒服吧！

“哼！”刘欢心扬着下巴，胸有成竹地反驳道，“我当然知道了！我可是你肚子里的蛔虫哦……”

“你恶不恶心啊……”

就这样，在我和刘欢心互相调侃，以及千允澈和鹿鸣野的笑声中，我们四人离开了派对现场。

途中，我仔细地观察了一会儿鹿鸣野，发现他并没有因为我们刚才讨论的事而情绪低落，才稍稍放心了。

“肚子好饿啊，刚才还没吃多少就离开了……”站在人来人往的十字路口，刘欢心噘着嘴，揉着肚子说道。

“我也饿了！”鹿鸣野眨巴着大眼，可怜兮兮地看着我。

被他们两个人这么一说，我好像也肚子饿了，不由得把目光移到千允澈身上。

“既然大家都饿了，我没有理由不饿啊！”千允澈无奈地耸耸肩。

“哈哈！”我和刘欢心异口同声地笑出声，“道貌岸然大概就是你这个样子了吧！”

“我只是想表达，其实我是从善如流的！”千允澈两手一摊，十分无辜地说道。

“‘从善如流’可以这么用吗？”鹿鸣野一脸茫然地问道。

"呃……"我和刘欢心同时抽了抽嘴角，片刻后，我决定跳过这个深奥的话题。

"我们还是想想待会儿去吃什么吧！"我看了看大家。

"大家数'一二三'，然而说出各自想吃的东西，怎么样？"刘欢心提议道。

"好！"我举双手表示赞成，看了看千允澈和鹿鸣野，两人都点了点头。

"好，现在听我喊，一，二，三！烧烤！"不给我们开口的机会，刘欢心飞快地报完数，然后说出自己想吃的东西。

闻言，我们三个人你看看我，我看看你，最后又默默地看向刘欢心。

"拜托了，去吃烧烤吧！我知道有一家超级好吃而且超级便宜的烧烤摊，那个老板人也超级好哦！只要我去了，他一定会多送一对鸡翅！"刘欢心眨巴着眼睛，双手抱拳说道。

"只送一对鸡翅太少了吧，我们是四个人，起码要两对啊！"一向老好人的千允澈很认真地说道。

"再向他多要一对就好了，包在我身上！"刘欢心拍着胸脯，不管大家同意还是不同意，再次拍板决定，"就这么定了，跟我来……"

我们一行人到达烧烤摊后，老板刚准备摆摊。由于摆摊的位置比较偏僻，周围没什么人。

"老板，我们点了这么多东西，你一定要多送两只烤翅哦！"点完单后，刘欢心搬着小板凳坐在老板的旁边开始讨价还价。

"没问题啦，不过你确定你能吃得完？"老板一边翻着炉子上的食物，一边问道。

"反正你一定要多送就是了，要不然我会很没面子的！"

刘欢心的话让我的额头滑过三道黑线。

就因为面子，必须让人家多送两只鸡翅，这是什么逻辑啊？

还价成功后，刘欢心欢欢喜喜地搬着小板凳坐了过来，一边向我们介绍老板烤的什么最好吃，一边催促老板快一点儿。闻着食物散发出来的香味，我忍不住口水泛滥起来。

"想不想尝尝真正的美食？"鹿鸣野突然神秘兮兮地把头凑过来问道。

"真正的美食？"我们三个人不约而同地问出口。

"没错，想不想尝尝？"

鹿鸣野神秘一笑，得意地挑了挑眉毛。

"难道之前的都不算美食吗？不带这么侮辱人的吧！"我反驳道，话音刚落，千允澈和刘欢心快速地点头赞同。

"以前那些也就将就一下，算是吧！"鹿鸣野有些不好意思地说道，听到他十分认真地回答，我差点儿吐血。

什么叫将就？果然是近朱者赤，近墨者黑啊！我记得我刚认识鹿鸣野的时候，他可是一个说话彬彬有礼，动不动就姑娘长姑娘短，偶尔还会说什么之乎者也的家伙呢！可是现在呢？他已经完全被同化了。就在昨天，他看电视看

到关键剧情时，还说出一个"K"字开头的感叹词。

"既然你说以前的算是将就，那你就让我们尝尝什么是不将就的吧！"千允澈笑着开口，"作为美食家的儿子，没有吃过真正的美食，绝对是人生最大的侮辱。"

我刚才还在怀疑鹿鸣野被同化了，现在看来千允澈也被感染了，曾经那个害羞腼腆的好好少年早就随风而去，不知矜持为何物了。

"等着！"鹿鸣野边说边站了起来，然后往烤炉走去，由于刘欢心提前打过招呼，所以烧烤摊的老板也笑着说开开眼界。

走到烤炉前，鹿鸣野站定后，双手合十，微微鞠躬，嘴里开始念念有词起来。

他这是在干吗？见此，我们三个人都不约而同地互相对视。

"鹿大人，你该不会以为像和尚一样，对着上面的食物默念一百遍'真正的美食'，然后它们就变成真正的美食了吧？"刘欢心忍不住调侃道。

闻言，我刚喝到嘴里的水全喷了出来，千允澈也被逗得连连咳嗽，但是对于我们三个人的起哄，鹿鸣野一点儿也没理会，而是继续念念有词。

鹿鸣野口中所念的词句，听起来一点儿也不像是"美食快来""美食变变变""油条豆腐脑"之类的恶作剧，也不像和尚所念的经文，倒有点儿像是异族的歌曲，简单的几句，不停地重复，还挺好听的。

"其实鹿鸣野可以考虑进军演艺圈，说不定……"千允澈也笑着打趣，但是他的话还没说完，烤炉里的火突然"腾"的一下大了起来，紧接着，一股热气扑面而来。

接下来的画面仿佛是魔幻电影的场景特效，鹿鸣野停下意义不明的念词后，伸手在空中画了一个圆弧。不要问我是哪只手，因为我根本没去注意，我所有的注意力都被那个诡异的圆弧吸引去了。

在没有任何燃烧物和助燃物的情况下，圆弧经过的每一寸地方都燃起了火焰，像是马戏团的火圈一样。鹿鸣野将圆弧往烤炉的方向一推，更诡异的事情发生了，那圆弧……那燃着火的圆弧……不对，是圆弧形状的火，竟然变成了一条龙的形状，甚至还发出了一声龙吟。

怎么会？我一定是眼花了，绝对是眼花了！冷静，郝甜甜，你要冷静！

告诫自己要冷静后，我闭上眼睛，然后深呼吸，再睁开眼，只见……

"这就是皇上赐给我们御厨世家的'神龙之火'，用'神龙之火'做出来的东西才是真正的美食！"鹿鸣野冲我扬了扬下巴，不无自豪地说道，而他口中的"神龙之火"正盘旋在烤炉周围，不停地游动。

老爸，我看到了一条可以动的火龙！

啊！我这要怎么冷静嘛！鹿鸣野到底知不知道自己在干什么？我刚才在派对上对他说的话，他难道都忘记了吗？虽然现在没有其他客人，但是还有老板啊！说到老板……

啊，老板已经石化了啊！是真的石化了啊！老板，你现在可是单脚站立，竟然一动也不动！你怎么了？你醒醒啊！

"快点儿收起来！快点儿！"我回过神，赶紧冲到鹿鸣野身边说道。

"为什么？"鹿鸣野不解地皱了皱眉头，但此时此刻，我却没时间跟他解释，顺手拿起桌上的一壶茶就往火龙上浇去。

"呼……幸亏'神龙之火'也是火，我真怕浇不灭……"见"神龙之火"总算灭了，我松了一口气。

不过被我这么一壶水浇上去，烤炉上的火也灭了，千允澈和刘欢心也从震惊中回过神来。

"老板，不好意思，刚才我本来想看看鸡翅烤好了没有，没想到一不小心脚下一滑，将茶水洒到炉子上，浇灭了火……"我急忙跟老板解释道。

"火……火灭了？"另一只脚落地后，老板如梦初醒般地走过来，整个人就像是木偶一样，机械地再次点火，然后确认上面的食物有没有被水浇到，我趁机将鹿鸣野拉到一旁。

"鹿鸣野，我不是跟你说过了吗？不可以再做一些不可思议的事情，你怎么一转眼就忘了？"

"我没忘啊！"鹿鸣野不服气地说道，"你让我不要跟别人乱讲自己家乡的事情，还有御厨世家的事情，这些我都没说啊！"

对，你是没说，可你刚才做的事情比这严重多了！

看到鹿鸣野理直气壮的模样，我气不打一处来，正要开口，弄好炉子的老板突然说道："刚才你们有没有看到一条火龙围着炉子转啊……"

"没有，绝对没有！"我赶紧开口，同时望向已经恢复常态的刘欢心和千允澈，"你们两个看到了吗？"

"没有！我们刚才什么都没有看到！"刘欢心和千允澈异口同声道。

"奇怪……"老板微微皱着眉头，一边翻着烤炉上的食物，一边碎碎念，"难道是我眼睛花了吗……"

看到老板的反应，我更加想要送给鹿鸣野一个爆栗，却不想老板再次问道："你们确定没有看到吗？"

"哎呀，真的没有啦！"刘欢心一脸严肃道，"老板，你肯定是太累了！晚上要烧烤，白天要买材料，偶尔出现幻觉很正常的，要注意休息啊……"

好吧，这种事情果然需要刘欢心出马。

"为什么我的'神龙之火'不能用？"鹿鸣野不依不饶地问道。

"难道你没发现吗？"我指了指依旧在碎碎念的老板，"我们的世界跟你们的世界不一样！或许对你来说很正常的东西，对我们来说却很不正常！"

"如果说你跑得快，力气大，听力格外好，都可以用'会武功'来解释，那么你会用'神龙之火'要怎么解释？还有，你看看你认识的人，比如我们三个、郝妈妈、安警官，甚至面包店里的顾客，还有今天派对上的同学，有谁像你一样？"千允澈帮忙说道。

"对！"我用力点头，"所以像这些东西，你一定不能再在外面暴露了！如果你还想在我家住下去，如果你不想给我们大家带来麻烦，那么，你必须隐藏你跟我们不一样的地方！"

"难道真是我眼花了？"就在我和鹿鸣野大眼瞪小眼的时候，老板的声音又响了起来。

我咽了咽口水，示意鹿鸣野去看老板的表现，然后小声问道："你现在明白了吧，对于我们来说，你刚才的行为有多么令人惊讶。"

鹿鸣野看着老板足足两分钟，才收回目光，缓缓开口："你们这里的

没有人像我一样拥有不同寻常的本领？"

"嗯！"我连忙点头。

"那我前几天看的超人是怎么回事？"

超人？谁叫你看超人了！谁给你介绍的这部片子？

听到鹿鸣野的问题，我简直要掀桌暴走了。怪不得这家伙有恃无恐，原来是把漫画英雄当成了现实英雄！等等，漫画英雄……

想到"漫画英雄"，我的脑海中突然闪过一个念头，可没等我反应过来就消失了。

算了，还是现在跟鹿鸣野讲清楚比较好，免得以后他被人抓去做实验……

在烧烤摊老板的参照之下，在千允澈的说教之下，在我的威胁利诱之下，在刘欢心的各种论断之下，鹿鸣野终于明白，自己可能来到了"未来世界"。至于未来世界的人为什么没有那么多的特异功能，我只能解释说，现代的东西越来越好用，人们便渐渐忘记了那些本该会的东西。

听到我的解释，刘欢心和千允澈齐齐对我竖起大拇指。别说他们，就连我自己都要被我的逻辑佩服得五体投地了，为了说服鹿鸣野，我差点儿就要变身演说家了。

"郝甜甜，你还让不让人吃饭了？"就在我第一百六十三次叹息的时候，刘欢心忍无可忍地拍了拍桌，"你知不知道侮辱美食绝对是人生第一大罪过？"

我抬起头，看着刘欢心气鼓鼓的脸，默默地咽了咽口水，心想：好不容易等到周六，大家来我家吃饭，我应该打起精神，可是……

"唉……"我刚开口，再次发出一声叹息。

"郝甜甜，你还有完没完啊！"刘欢心捂着耳朵，脸上的暴怒瞬间变成无奈。

说实话，其实我挺能理解刘欢心的，可是我也不想这样啊！要不是因为我们家对面新开了家面包店，抢走了不少顾客，搞得我们家的面包一直卖不出去，我才不会这副模样呢！

说起我家对面的那家面包店，上周一我放学去店里的时候，正好碰到他们开张，里面的面包不但花样多，而且装潢也超级棒。换句前段时间流行的话，那绝对是"高端大气上档次"。不仅如此，进店的客人不管你买不买东西，都可以提供免费的休息区，还有免费的茶水，如果有家长带着孩子去，还可以让自己的小孩子在店里的游乐园玩。这么一来，我们家的生意简直是一落千丈。这种非正常营销手段简直是令人发指啊！只可惜我们家没有足够的钱来做一些与之抗衡的事情。

"唉……"想到这里，我再次叹息出声。

"郝甜甜，你还是我认识的那个郝甜甜吗？"刘欢心看着我说道，"就算是郝爸爸生病去世的时候，我都没有见你整天唉声叹气，那时候你是怎么说的？你说你要坚强，要代替老爸照顾老妈，所以没有时间去伤感，甚至还安慰郝妈妈，难道我认识的那个郝甜甜被狗吃了？"刘欢心似乎越说越生气，最后甚至吼了起来，"不就是多了一个竞争对手吗？有什么好担心的，只要你的面

包做得好吃，新鲜感一过，那些老顾客自然会回来的。"

"没错，他们只是新店开业，为了吸引顾客做出一段时间的优惠活动罢了。"千允澈很认同地开口，"他们店的面包我昨天和刘欢心去吃过了，味道和你做的差远了。"

"可光是味道好有什么用？他们那些花样，我怎么也做不出来……"我无精打采地反驳道。

就像我上次在派对拍回来的那些照片，我按照上面的造型尝试了无数次，但是做出来的味道古怪得要命……不过，其实这些都不是最重要的，最重要的是那些免费服务。

"好吃的料理不在于花哨的外表！"突然，消失了一会儿的鹿鸣野端着菜从厨房走出来，"就像我做的料理，我爷爷也说不好吃啊！"

"那是你爷爷的要求太高了！"我不以为然地说道。

一个能世世代代为皇帝做饭的家族，那要求肯定不能跟我们普通人相比。

"这跟我爷爷的要求高不高没关系！"鹿鸣野突然严肃起来，"你看看这两道菜，你觉得哪道好吃？"

他说着将两盘菜放到了我面前，一盘只是用白水煮过的白斩鸡，一盘则是用玫瑰酱汁做成的玫瑰鸡，周围还有白萝卜雕成的装饰。

"如果让你选，你会选哪个？"鹿鸣野看着我问道。

"当然是玫瑰鸡啦！"看上去就很好吃的样子。

"那你尝一下它的味道！"

今天的鹿鸣野真的好奇怪啊，费了那么大的劲做两只鸡出来，难道只是为了问我哪只好吃？

"放心吧，我不会在食物里放毒，这是对食物的侮辱。"见我满脸疑惑，鹿鸣野解释道。

在鹿鸣野的注视下，我挑了块最嫩的胸脯肉放进了嘴里，却不想刚嚼了一口，一股好像没煮熟的味道就在我的口腔里弥漫开来。我赶紧吐了出来，哭丧着脸瞪向鹿鸣野。

浑蛋！我都这样了，你竟然还要我！

"你再去尝一下另一道菜。"无视我的怒视，鹿鸣野兀自说道。

哼！我才不尝了，被骗了一次，还会被骗第二次吗？

"小丫鬟，你试试白斩鸡吧，这里有四碟酱汁，分别是四种不同的味道，你喜欢哪种就蘸哪种。"见我无动于衷，鹿鸣野转而对刘欢心说道。

"鹿大人，你该不会把我当成小白鼠了吧？"刘欢心的话音未落，鹿鸣野一记"眼刀"飞过去，她立刻乖乖地拿起筷子补充道，"为了鹿大人，我甘愿赴汤蹈火，在所不辞！更何况只是试菜。"

一秒，两秒，三秒……

"天啊，地啊，天地万物的主宰啊！"刘欢心一脸兴奋，"鹿大人，你是怎么做到的？好好吃哦！就算是不蘸酱汁也超级好吃，但是和酱汁蘸在一起，简直是人间极品啊！"

"好了！"鹿鸣野伸手打断了刘欢心的奉承，看着我说道，"你觉得玫瑰鸡看起来漂亮，所以选了玫瑰鸡，但是事实证明，好看的东西不一定好吃。

所以说，料理的好坏不在于花哨的外表。"

"这怎么能算数！你明明是为了证明外表好的东西不一定好吃，才故意做这两道菜的！"

"郝甜甜，事实已经摆在面前，你为什么总是坚持己见？"

"就算你说得对，但是看起来就很普通的东西，不是更无人问津吗？"

"外表好看的东西的确更能吸引人，但只是外表好看，味道却不好，你觉得下次还会有人再去买吗？"

"外表一般的，更没人愿意买吧！"

"郝甜甜，你怎么油盐不进啊？"

"明明是你太偏执了！"

一番争执后，见我仍旧没有半点儿动摇，鹿鸣野竟然气得转身就走。

哼！说不过我就走，你才是岂有此理！

"甜甜！"刘欢心小心翼翼地喊着我的名字，"其实鹿大人也是好意！"

他是好意？试图要用自己的歪理来改变别人的想法，这叫好意吗？

刘欢心刚开口，我好不容易平复下来的心情又变差了。

"甜甜，你别生气！"刘欢心赶紧安慰我，"就算你说得对！"

"什么叫就算我说得对？难道你买东西的时候，愿意选择小而普通的店进去吗？"

"啊？"

"唉，算了，跟你说，你也不懂啦！"

真是好烦啊！再这样下去，我们还是关门算了！一想到关门，我的心情就更糟糕了，这可是老爸一辈子的心血啊！

就在我纠结得恨不得去撞墙的时候，千允澈突然说道："其实也不是没有办法。"

"什么办法？"我和刘欢心同时开口。

"我听说最近要举办'美食大赛'，第一名的奖金超高哦！"

美食大赛？奖金？

我的大脑快速被这两个词占领。

如果能拿到美食大赛的第一名，那么我们就有钱翻新店铺了！可是……我根本不会做饭啊！

好不容易燃起的希望瞬间被无情的事实打击成渣，我垂着脑袋，有气无力地说道："你这个提议还不如不说呢！我除了面包，别的东西都不会做。"

不但不会，还做得超级难吃，完全是遗传了老妈的"优良"基因。

"有人会啊！"

千允澈和刘欢心像看白痴一样看着我。

"你们是说鹿鸣野？"我想了想问道。

两人用力地点头。

"不行不行！"见此，我立马把头摇得像拨浪鼓，"我们刚才吵过架呢，要是我这么快就去找他，会不会被鄙视啊？"

"你觉得你被鄙视得还少吗？"刘欢心毫不客气地打击我，给我加油打气后，拉着千允澈便闪人，临走时不忘交代，"是面子重要还是面包店重

要？”

喂喂喂，两个都很重要啊！难道我是那种不要脸的人吗？

在我无声的抗议中，刘欢心回头给了我一个“没错”的眼神。

第七章

他竟然像“球”一样弹起来了

CHAPTER 07

怎么办？怎么办？难道我真的要去找鹿鸣野吗？这也太丢脸了吧！怎么说我也是女生，应该是他先来道歉吧。

现在可是你需要别人帮助，竟然还想着让他先来道歉？脑袋被门板夹到了吧！

想到鹿鸣野，我的脑海里有两个小人正用"纵横"两大剑术你来我往，拼死交战，据理力争。结果"砰"的一声，两个小人被对方的剑气震得飞出去很远，然后重重地落到了地上。

就在这电光石火之间，我突然想到了一个可以不用任何人帮忙也能做出美味料理的方法——网上有那么多食谱，我干吗要去找鹿鸣野啊！

我向来都是行动快于大脑的人，不等这个念头闪过，我立即朝房间奔去，可是……要做什么样的菜才能让评委一举认可呢？

"甜甜，你再这样揪，马上就要变光头了……"就在我绞尽脑汁、奋笔疾书，一边翻网页找菜谱，一边记录的时候，老妈出现了，抓住我不停地揪头发的手说道。

"老妈，您怎么回来了？"现在这个时间点应该还没有关店门啊！

"今天的客人不是很多，所以我想早点儿回来。最近总是让小野做饭给我们吃，我想你一定想吃我做的鸡蛋面了！"老妈有些不好意思地笑道，"快去洗手吧，面已经做好了。"

客人不是很多？是根本就没有客人吧！连单纯的老妈都知道撒谎了，还说什么我想吃她的鸡蛋面，比起鹿鸣野的料理，鸡蛋面什么的根本不值一提啊！

我握了握拳，默默地吸了口气，挤出笑容说道："老妈，我爱您啦！我最喜欢吃鸡蛋面了！"

"真的吗？"老妈双眼放光，一张脸笑成了花。

"嗯，老妈，您先去吧，我把这个抄完，马上就出去！"

"不能吃完再抄吗？"

"马上就完了，就剩几个字了……"我回过头，准备继续记录，却不想老妈抓住了我的手。

"甜甜，妈妈知道你一紧张就会揪头发。有什么事情我们可以一起承担，你不要一个人放在心里。"

一股暖意从老妈的手上传来，向来大大咧咧的老妈突然说这么煽情的话，我忍不住鼻头一酸。

"甜甜，妈妈知道你为面包店的事着急，但是你也不用逼自己。人生中有许多事情都是注定的，比如生老病死，既然发生了，我们就要勇敢地面对，而不是逆水行舟，那样只会令自己处于更加艰难的境况。面包店的事情就顺其自然吧，妈妈虽然不能给你太好的生活，但让你无忧无虑地长大还是没问题的。"

顺其自然？我简直不敢相信自己的耳朵。

"老妈，您难道就能眼睁睁地看着面包店关门吗？那可是您和爸爸最初相遇的地方……"

"再美好的地方也只是回忆，而且老妈的意思也不是看着它关门。老妈

只是想说，有些事情尽我们最大的努力就行，即使最后仍旧无法挽留，我们也不要有心理负担。"老妈伸手替我整理了一下乱糟糟的头发，接着说道，"好了，你要是再不出去吃面，小心小野把面都吃光了哦……"

老妈是在安慰我，不要太过强求，做到问心无愧就行了吗？

看着老妈的背影，一种说不来的幸福感席卷我的全身。

也许我们家不是最美满的家庭，却是最幸福的，因为我有一对相爱的父母，也是疼爱女儿的父母。

郝甜甜，你一定要加油，尽最大的努力拿到第一，让老爸和老妈美好的回忆永远保留下来。

想到此，我快速跑向客厅，却被眼前的场景吓了一大跳。

一、二、三……六？餐桌上，六个空碗叠放在一起，而在壮观的空碗旁，鹿鸣野还在吃着一碗面条。

"阿姨，真是太好吃了，您完全可以出去开店了，生意肯定超级好！"鹿鸣野一边吃，一边笑眯眯地看着老妈。

"这个提议不错，我可以考虑一下！"老妈颇为认真地回答，回头看到目瞪口呆的我，赶紧招了招手，"你怎么才来啊？小野快要把你的那一份也吃掉了……"

啊，不是吧？难道桌上六只空碗全是鹿鸣野吃的？这家伙是猪八戒转世吗？

听到老妈的话，我飞快地跑到自己的座位上，然后快速扒着碗里的面。

等一下！为什么我觉得这碗面的味道跟以前不一样啊？好像比以前更好吃了。

　　我狐疑地看向老妈，不等我开口，老妈就主动交代了："是小野告诉我的，他说可以放点儿高汤进去，还能放点儿别的菜，这样的话，既好看又好吃，没想到做出来的效果还挺不错的！"

　　什么叫不错？看鹿鸣野这么挑剔的家伙，都要把碗吃下去，就知道这叫相当成功。老妈什么时候也学会谦虚了？不过，连老妈都这么努力了，我要更加努力才行！

　　我咬咬牙，紧握拳头，对鹿鸣野谄媚地笑道："鹿鸣野，如果我说我想学做料理的话，你可不可以收我为徒啊？"

　　我快要被自己捏着嗓子，瞪眼嘟嘴，学电视剧里女主角撒娇的模样恶心到了！

　　果然，闻言，鹿鸣野打了个哆嗦，就连一向神经大条的老妈也禁不住浑身颤抖。我好不容易鼓起勇气，在经历过这无声的拒绝后，顿时缩了回去，我要化悲愤为食欲！

　　"老妈，再来一碗！"

　　"你还要吃吗？"老妈不可思议地看着我，"我记得你平时都是吃一碗的啊！"

　　这是什么意思？

　　我不由得皱了皱眉头，就见老妈吞吞吐吐地说道："我本来做得挺多的，可是你看，小野确实饿了，于是……"

　　"鹿——鸣——野——"新仇旧恨交织在一起，我瞬间化身喷火龙。

　　鹿鸣野被我这一声"河东狮吼"吓得一哆嗦，快速从椅子上跳了起来，躲到老妈的身后，可怜兮兮地解释道："我不是故意的，嗝——你也知道，我

和小丫鬟是一样的人，一遇到好吃的就无法控制，嗝——"

都吃撑成这样了，一句话没说完就打了好几个饱嗝了。

"怎么不撑死你啊！"我用力咬着牙，双眼喷火地瞪着鹿鸣野。

"是快撑得走不动了！"鹿鸣野哭丧着脸，"要不然怎么可能站在这里等你来打……"

轰隆隆！仿佛一个晴天霹雳，劈得我头顶生烟，脑中空白。

我说这家伙今天怎么一直扯着老妈不放，原来是因为吃得太撑，根本跑不动了。不过，等等，他要是跑不动的话，那不就是我绝佳的报仇机会吗？嘿嘿，真是踏破铁鞋无觅处，得来全不费工夫，我打打打！

叫你嘲笑我，叫你欺负我，叫你吃光我的东西，叫你没事总是让人担心……

"阿姨，救命啊……"鹿鸣野一边艰难地抱头鼠窜，一边哀怨地喊着在厨房洗碗的老妈。

"没事，你吃多了，就当散散步，消化消化吧！"老妈头也不回地说道。

"阿姨，我吃那么多是给您捧场啊……"

就在这样的打打闹闹中，我和鹿鸣野终于和好如初了，但笑闹过后还是要干正事的。

我，郝甜甜，要成为新一代美食家的计划从今天开始执行！

老爸曾说过，学习要循序渐进，罗马不是一天建成的，路也不是一天就走出来的，郝甜甜大厨也不可能是一天就练成的，所以，我要先做个简单的菜——尖椒土豆丝。

我一边唱着洗澡歌，一边把土豆上的那层泥洗掉，洗净后，照着食谱上的步骤切成丝。

"啊——"我一刀切下去，之前还十分温顺的土豆突然在砧板上转了一圈，于是我悲惨地切到了自己的指甲。

还好只是指甲。

"发生什么事了？"听到我的叫声，鹿鸣野急忙跑过来，进了厨房后，拿起扫把四处寻找，"小强在哪里？老鼠在哪里？"

什么小强、老鼠的，这个家伙能不能不要这么搞笑啊！

"怎么啦？"鹿鸣野疑惑地看着我。

"切菜的时候差点儿切到手指了。"

"所以你就像看到耗子一样尖叫？"

"我什么时候看到耗子尖叫了？"

"笨死了！"沉默了一会儿，鹿鸣野总结道。

"鹿鸣野，你欺人太甚！"

太过分了！我差点儿切到手指，竟然还说风凉话，一点儿同情心都没有！

"你是怎么切的？"鹿鸣野十分好奇地看了看刀，又看了看砧板上的土豆，"这么大个东西，你竟然差点儿切到自己的手？你真是太神奇了……"

"你才神奇呢！难道你生下来就能切得很好吗？"

"这个嘛，虽然不算好，但绝对没有很烂。你要知道，遗传这种东西有时候是很强大的。不说我们御厨世家所有的小孩都像我一样，但凡是御厨世家的人，如果不会做菜的话，那简直就是一种笑话。"说完，鹿鸣野指着砧板上

的菜问道，"你这是要干什么？"

"一边去，没看到我想做尖椒土豆丝吗？"我拿着菜谱直接递到了他的鼻尖下，顺带把本子在他的脸上蹭了好几下。

浑蛋，叫你不打理皮肤都这么好！

"咯咯！"鹿鸣野假意咳了咳，说道，"你也说了要做丝，为什么切得比筷子还粗？更重要的是，粗就粗吧，你竟然还粗得不均匀，看起来就跟……嗯，被老鼠啃过一样。"

你才被老鼠啃过呢！

不理会鹿鸣野的讽刺，我用力推开他，拿起刀，继续切，却不想切着切着，刀下的土豆又溜走了。

我急得满头大汗，但是那一块块土豆依旧像被老鼠啃过一样，也不听我使唤，动不动就滚过来滚过去，有好几次都滚到了鹿鸣野的脚下。

这简直就是屋漏偏逢连夜雨，肯定是鹿鸣野这个家伙跟我的土豆气场不合。

"你不得要领，当然切不好啦。"鹿鸣野似乎看不下去了，出声阻止道。

"切个菜还有秘诀吗？"我反问道。

"当然！"鹿鸣野快速将袖子卷起来，然后一手拿刀，一手按着土豆，"你要用手指把菜按住，但是又不能按太紧。还有手指要微微弯曲，用指节贴着刀，这样才能确定你切下去的地方不会跑掉，更重要的是，还能保障你切的片不会太厚，也不会过于薄，还有，手指必须缓缓向后移动，你需要粗一些就多移一些，细一些就少移一些……"

随着鹿鸣野的嘴巴一张一合，刀在他的手下就像是用电脑设定好的程序一样，缓慢且有节奏地运作着。直到切好了一半，他才停下来，让我检查一下……

看到鹿鸣野切的土豆片，我恨不得拿个尺子量一下，因为单单用眼睛来看，几乎每片都是一样的。这简直不是人干的事，分明就是机器好吗！

我惊讶于鹿鸣野的刀功，却不想他又继续切了起来，很快，那一片片薄厚均匀的土豆片就变成了土豆丝，整齐而规律地躺在砧板上。

"你来试着把剩下的一半切了。"鹿鸣野看着我说道，"你不用担心自己做得不好，刚开始的时候我也切不成这样，不过时间久了就会慢慢好起来，刀功这种事情可不是一朝一夕就能练成的。"

"那要多久？"

"看情况，快的话大概几个月，慢的话几年的都有。"

鹿鸣野说得轻巧，却在我心里激起了层层巨浪。

如果按他所说的时间来计算，到时候我家的面包店估计早就改名换姓了，说不定是卖什么狗皮膏药，或者卖咸鱼酱菜了。

"这样不行啊！"我赶紧说道，"比赛马上就要开始了，要是我只练习刀功的话，怎么可能参加比赛？总不能到时候我只切丝吧！"

"其实有很多菜也不用讲究刀功，要不你先练习一下别的？"鹿鸣野想了想回答道。

"嗯！"我用力点头，满含期待地看着鹿鸣野，"鹿大人，拜托你了！"

"咯咯，那个……"

"怎么了，鹿大人？你说！"

"你做西施捧心状，还是挺让人……咯咯……掉鸡皮疙瘩的……"

听到鹿鸣野的话，我一时间没反应过来，等看到窗玻璃上映出的人影时，才恍然大悟。

我竟然学起了刘欢心的样子，一副崇拜兼讨好的狗腿模样和鹿鸣野说话！

俗话说得好，欲速则不达，但是为了应付比赛，为了丰厚的奖金，我不得不和鹿鸣野制订了一系列的速成课程——每天放学后进行三个小时的厨艺练习。

先从简单选材和配料开始，再慢慢地学习调味，最后再系统地进行搭配。

有一个吃货朋友，在选材和配料方面，我很快就被鹿鸣野勉强放了过去，然而在调味方面。

"师父，这是我刚才做的，您试试？"我一边回味着昨天发生的一幕，一边小心翼翼地看着鹿鸣野，然后递上筷子，而后又快速把桌上的面包拿过来一块，以防发生出乎意料的变化。

说到昨天，由于我错把盐当成了味精，品尝过后的鹿鸣野立即"变身"，然后开启狂暴模式，不但把我骂得狗血淋头，还差点儿把我家厨房拆了。

每次吃到难吃的食物就暴走的鹿鸣野，实在是太恐怖了！

"面包准备好了吧？"鹿鸣野接过筷子，看了一眼桌上的面包，放心地吐了口气，"那我尝尝，你做好准备。"

呜呜……学做菜真是太不容易了！本来等着别人替你尝菜是一种幸福而光荣的事情，可是让鹿鸣野试菜……那简直比慢性自杀还要让人难受！

看着鹿鸣野夹了菜往嘴边送去，我的心不受控制地飞速跳动，两只手紧紧地握着面包，时刻准备着给"变身"后的鹿鸣野喂"解药"。

一秒，两秒，三秒……我紧张得快无法呼吸了，可鹿鸣野这个家伙还是迟迟没把菜放进嘴里。

"甜甜姑娘，你说我吃到不好吃的东西会突然变身，是真的吗？"把菜放在鼻子前闻了闻，鹿鸣野哭丧着脸问道。

"嗯！"我一脸沉痛地点点头，"要不我们试试？"

"怎么试？"

鹿鸣野的话音刚落下，我快速抓了一把盐出来，不等他反应，尽数撒到了肉上，然后夹起一块肉就往他嘴里塞。

吃到放多了盐的红烧肉后，鹿鸣野立刻狂暴起来，赶在他开口大骂前，我快速把面包塞进了他的嘴里。

就这样反复试了几次之后，鹿鸣野像是被抽干了水的茄子一样，浑身瘫软地趴在桌上，泪眼汪汪，有气无力地看着我："郝甜甜，你还有没有人性啊……"

"不是你自己想看的吗……"我咽了咽口水，给鹿鸣野倒了杯水，抱歉地说道，"你辛苦了，不如我们今天出去吃吧，我请你！"

"你觉得我还能吃得下吗？"鹿鸣野没好气地对我翻了个白眼。

呃……确实吃不下了……一碗劣质红烧肉，一大盘面包，再加上一大杯水。

　　"要不明天吧，明天周末，我们早上学做菜，吃完午饭后，就出去看电影……对了，你不是很想去游乐园吗？不如明天中午先去那里，回来的时候再去看电影，怎么样？"说完，我讨好地冲鹿鸣野眨了眨眼，希望他能原谅我刚才提出不人道的馊主意。

　　"好吧！"鹿鸣野想也不想就答应了。

　　就这样，我用一张游乐园门票和一张电影票成功搞定了鹿鸣野，当然，鹿鸣野也要尽心尽力帮我……试菜！

　　一周过去了，为了检查这一周以来的学习成果，作为师父的鹿鸣野决定不给我任何指导，要我全程单独做菜；而他则抱着一大堆零食，跷着二郎腿看电视。

　　"甜甜徒儿，我发现了一个很严重的问题！"鹿鸣野满口都是爆米花，含糊不清地说道，"你们这里的女孩子，不管是古代的还是现代的，都很开放！"

　　"那个电视剧是为了赚收视乱写的啦，古代根本不是这样子……"

　　"这样啊！"鹿鸣野微微皱眉，看了一会儿，又说，"这电视剧编得太离谱了！就算是要赚收视，也不能把那些尊老爱幼的传统丢掉吧，这上面的人动不动就对自己的父母大吼大叫，动不动就挥金如土，在我们那里根本不是这样的，就算是皇宫贵族，也不会这样浪费。"

　　听到鹿鸣野较真的话，我有些好笑地看了他一眼，只见他一张脸都快皱成瘪掉的橘子了。

　　"都说了是电视剧，要不然也不会打'本故事纯属虚构，如有雷同实属巧合'的字样啦！"我一边说一边往菜里放佐料，但是被鹿鸣野这么一搅和，我竟然找不到糖在哪里了。

糖糖糖……干吗要把糖和盐做得一样？这个应该是糖吧？嗯，再加个味精……顺便再来点儿勾芡的淀粉……

由于这是我第一次独自完成整道菜，紧张之余，放错了很多东西。

"这些东西也长得太像了吧……什么糖啊，盐啊，淀粉啊……"

不知是第几次重新开始，满心焦急的我正低头抱怨调料太像的时候，手中的勺子突然被卡住了，而我也没多想，直接用力一拉，紧接着，只听到"砰"的一声，我扭头一看，只见放着高汤的锅正摇摇晃晃。

开什么玩笑，要是这锅高汤倒了，我还得重新煮呢！

想到这里，我伸手就要去扶住锅，却没想摇晃中的锅竟然向我这边倒了过来。

"啊——"我忍不住尖叫一声，本能地想要逃走，却发现两条腿像是灌了铅一样，无法动弹。看着冒着热气的锅，我心里只有一个念头——完了完了，千万不要毁了我这张清秀的脸啊！

就在这千钧一发之际，一个黑影朝我压了过来，随后，这个黑影直接压在了我身上。我耳边是"哗啦啦"的声响，一股夹杂着浓浓肉汤味的热气也四散开来。

完了完了，我似乎看到了自己被烫得皮开肉绽的情形……我好像没有感觉到痛……

"甜甜，你没事吧？"正当我疑惑的时候，头顶上方传来了鹿鸣野分外焦急的声音。

"没事……"我的大脑一片空白，下意识地回答道。

"幸好没有烫到你。"鹿鸣野将我拉起来后，上上下下将我打量了个遍，才安心地说道。

什么叫幸好没有烫到我？鹿鸣野的话让我的心猛地一跳，一种不好的预感快速冲击着我的大脑。

看着满地冒着热气的高汤，再看看空空如也的锅，刚才的一幕快速在我的脑海中闪过，我赶紧拉过鹿鸣野，只见他背后的衣服湿了一大片。

这个笨蛋竟然……

我颤抖着掀开鹿鸣野的衣服，顿时一股热气直击我的眼睛。

这个笨蛋，怎么可以做这么傻的事情？难道他不担心自己受伤吗？

一种莫名的感觉快速涌上我的心头，我的心不受控制地狂跳起来，不是因为愤怒，也不是因为害怕，而是因为感动。我从没想过，鹿鸣野竟然会一次又一次不顾自身安危来保护我。

"鹿鸣野，你，你……"看着鹿鸣野一片通红的后背，我急得差点儿哭了出来，左看右看，想要找点儿什么办法补救，可脑子乱成了一团糨糊，除了担忧，什么也想不到。

"没事的！"鹿鸣野突然伸手拉住不停转圈的我，笑道，"你转得我头好晕啊！"

这个笨蛋，都什么时候了还有心情说笑，哦，对了，酱油！我记得小时候被热水烫到的时候，老爸就是把酱油抹在我手上。

想到这一点，我就像是溺水的人抓住最后的救命稻草，赶紧拿起酱油瓶，就要往鹿鸣野的身上擦，却不想被鹿鸣野拦住了。

160

"不用担心，没事的！"鹿鸣野不以为然地说道。

"怎么会没事？万一感染了怎么办？烫伤可是很难好的！还有，要是留疤了怎么办……"我有些语无伦次地说道，伸手就要去扯鹿鸣野的衣服，却再一次被他制止了。

"真的没事，一会儿就会消了。"鹿鸣野笑道。

开什么玩笑！一会儿就会消？红了那么一大片呢！

"我们那里的人都这样！"我正要开口反驳，鹿鸣野再次解释，"就算是不小心受伤了，也会很快就好，从很高的地方摔下来也没关系，会像一个球一样弹起来，就跟那里面一样……"

什么从很高的地方摔下来也没关系，什么像球一样……鹿鸣野说的话我完全听不懂，不过朝他指的方向看去，我看到电视上正在播放某部动画片，动画片的主角被人打了一棍子，头上顿时起了个大包，但是没一会儿，大包就不见了。

"你在说什么啊，那可是动画片……"我哭笑不得地说道。

"我们那里的人都这样哦！"

"鹿鸣野……我不是很懂你在说什么，动画片里的人怎么能跟现实中的人相比呢？就算你厨艺好，会武功，还有'神龙之火'……"

对了，神龙之火……神龙之火不是现实生活中会出现的东西啊……

似乎是为了印证我的猜想，鹿鸣野蹲下身子蜷缩成一个球，然后往地上滚去，等滚到墙边时，像皮球一样反弹回来……

看着地上像球一样滚来滚去的鹿鸣野，我几乎连呼吸都忘了，好一会儿才反应过来。

这……这也太离谱了吧！

"咔嚓——"正当球状的鹿鸣野弹来弹去，玩得不亦乐乎之时，开门声突然响了起来。

不好，老妈回来了！千万不能让她看到鹿鸣野现在的模样！

赶在鹿鸣野再次弹起之前，我快速跑过去压住他，以防止他再次弹起来，并嘱咐道："老妈回来了，快点儿停下来！"

听了我的话，鹿鸣野果然没动，任由我压着。我刚松了口气，老妈惊讶的声音响了起来。

"甜甜，你们在干什么？"

我们？我低头看了看……

啊！我忘记我还压在鹿鸣野身上呢！

"没什么，鹿鸣野在教我功夫呢！"我猛地回过神来，快速从鹿鸣野身上爬了起来，冲着老妈傻笑道。

"哦，原来是这样啊，女孩子学点儿功夫是好事，不过你还要学料理，会不会太累了？"老妈点头赞同道。

"不会的，这叫劳逸结合嘛！"

目送老妈离开后，我狂跳不止的心总算平静下来了。

谢天谢地，总算过关了……

"以后不要再做这些奇怪的事情了！"我瞪了一眼正在收拾厨房的鹿鸣野，抱怨道。

"什么叫奇怪的事情？"鹿鸣野不解地问道。

"就是像刚才那样在地上滚来滚去啊，万一被别人看到怎么办？"

"可是阿姨又不是别人……"

"难道你忘记上次烧烤摊老板的事了吗？"一说到烧烤摊的老板，鹿鸣野似乎有些明白了，我继续叮嘱道，"我不知道你还有什么特异功能，但你以后不能再这样随随便便显露出来了！"

"就我们两个人的时候也不能吗？"

"不能！万一有人突然出现怎么办？就好像把我们这里的东西放到你们家乡，你们会觉得怎么样？"

有了对比，鹿鸣野终于若有所思地点了点头，只不过我的心情依旧很沉重。

鹿鸣野到底是从哪里来的？

如果是从古代而来，那么那些特异功能又是怎么回事？就算是历史有漏洞，可这种违背科学的东西到底要怎么解释啊……

怀着这样纠结的心情，我辗转反侧，直到第二天天快亮的时候才睡着。也不知道是因为睡觉的时候忘关窗户了，还是昨天受到了惊吓，或者是因为最近劳心又劳力，总之，我生病了。

正当我躺在床上无聊地数着吸顶灯上的花瓣有多少的时候，鹿鸣野领着千允澈和刘欢心走了进来。

"甜甜，你太不厚道了，生病了也不告诉我，害得我最近好无聊啊！"刘欢心一进门就开始调侃我。

我好笑地回答道："下次一定通知你！"

不过，这家伙怎么会无聊啊，我不在，不是还有千允澈吗？

我刚要开口，刘欢心就说道："唉，你们像是约好了一样，个个都忙得

很，千允澈最近可是红运当头，马上就要出道了。"

发现话题突然转到自己的身上，一进门就笑看着我和刘欢心聊天的千允澈不好意思地说道："也不是什么大事，就是上次我在网上看到一个试镜的消息，于是抱着试一试的心态去了，没想到被公司看中了，现在已经签了合约，目前正在培训，过一段时间就会出道。"

"真的吗？那真是太好了，你终于可以梦想成真了！"我兴奋道。

"恭喜你啊！"鹿鸣野也笑着向千允澈道喜。

"离梦想成真还远着呢，不过是刚刚开始而已！"千允澈腼腆地笑了笑。

"已经开始了，就说明离成功不远了啊！"我笑着给千允澈打气。

真是太好了，最近总算是有点儿好消息了！希望接下来我也能成功！

"别急着恭喜他了，我们这次是来恭喜你的！"刘欢心再次开口。

"恭喜我？"我不解地看向笑得十分神秘的刘欢心和千允澈，只见千允澈从身后拿出了一个信封。

这是一个很普通的白色信封，信封中间印着简单的卡通图案，图案下方则故意模仿小朋友的字体，歪歪扭扭地写着四个字——美食大赛。

"这次大赛刚好用我们公司的场地，所以我就顺手给你拿了报名表。"千允澈简单地解释道。

"上次你跟我说美食大赛的事情，难道那个时候你已经签约了？"

"我没有第一时间告诉你们，是因为怕不成功，所以……"千允澈不好意思地点点头。

"天啊，你的保密能力也太强了吧！"刘欢心也惊呼起来，"不行！我要去找纸和笔，让你提前给我签名，这样等你出名后，我就发啦！"

刘欢心一向说什么就是什么，话音未落，就风风火火地跑了出去。

"今天真是好事连连，待会儿大家一起吃饭吧，我去准备，你们先聊。"鹿鸣野也笑了起来。

鹿鸣野离开后，我打开信封看了看，信封里只有一张纸，前半段简单介绍了一下大赛的时间和地点，后半段便是我的资料，不过看样子千允澈已经帮我填写好了。

我小心翼翼地将信封收了起来，有些不敢相信地说道："面包店的事情一度让我很消沉，谢谢你们一直在我身边支持我、帮助我。"

"其实我也没帮什么忙，我反而还要谢谢你们呢，要不是你们的鼓励，我也不可能有勇气去参加试镜，更不可能这么快就奔向自己的梦想。"

千允澈说得十分诚恳，我突然有些不好意思，可是就如鹿鸣野说过的：大恩不言谢，待日后飞黄腾达了再报答。

"你的料理学得怎么样了？"千允澈突然问道。

一说到料理，我就头痛，不过还是老实地回答道："就那样吧，正在跟鹿鸣野学着呢。昨天我不小心把高汤打翻了，幸好他眼疾手快救了我……"

想到昨天鹿鸣野奋不顾身救我的场景，我的心就不受控制地乱跳起来。虽然说他不会因此受伤，但为我担心着急的心情，我全部看在眼里。

"我记得你说过，鹿鸣野吃到难吃的东西会'变身'，难道你做的东西没有令他……"千允澈若有所指地问道。

一说到这个，我的脸就烫得可以煎鸡蛋了，不过想起前几天把鹿鸣野当实验品，为了让他意识到自己的危害性而故意整他的事情，我又忍俊不禁，然

后说给了千允澈听。

"你这样整他，小心他以后不教你做料理了！"听了我断断续续的叙述，再看着笑得前俯后仰的我，千允澈忍不住替鹿鸣野叫屈。

"他不敢的！要是他不教我，就没地方住了，我现在可是他的老板啊！"

"有你这样的老板也太危险了……"

"有他这样的员工才是最危险的事情好吧！"我梗着脖子，视死如归地说道，"我简直是为了解救天下苍生而自我牺牲的典范啊！"

"那典范，现在可以吃药了吧？"突然，鹿鸣野的声音响起。

闻言，我扭头朝门口望去，等见到鹿鸣野手中那一碗黑乎乎的汤汁时，胃里顿时翻江倒海起来。

"典范不想喝药。"我拒绝道。

"不行，这可是我特意去药房为你抓的！"

"直接买感冒冲剂之类的不行吗？为什么你要给我抓中药……"

第八章

嘲讽也是了解彼此的一种方式

08

CHAPTER

"郝甜甜，你想死啊？"

"郝甜甜，不是告诉过你盐跟糖的区别吗？竟然还能出错！"

"你是做菜的时候睡着了吧！"

"你这个笨蛋，勾芡勾得这么稠，你是想要做糨糊吗？"

"别以为芹菜和香菜长得有点儿像，就乱放好吗！还有把番茄挖成这样，你是想要过万圣节吗？"

不用怀疑，这就是这几天吃到我做的料理"变身"后的鹿鸣野，其实我已经做得比以前好多了，但无奈他的脾气越来越大，而且现在连面包都拯救不了我了。害得我现在一看到勺子，就想起了平底锅，恨不得化身红太狼，每次让他试菜的时候，只要一发现不对劲，就用勺子把他敲晕。

"怎么样？"站在餐桌旁，我看着再次准备试菜的鹿鸣野。

三分钟了！鹿鸣野足足盯着面前的牛肉三分钟了，筷子握在手中，眼睛眨都不眨，整个人就像老僧入定般，看得我心中不住地打鼓。

难道他现在光用闻都能闻出好坏了？

"是不是又把盐放成了糖？"我小心翼翼地问道。

闻言，鹿鸣野回头看了我一眼，但是依旧没有说话，然后像是看到陌生人一样，上上下下打量了我一番，直到盯得我毛骨悚然、汗流浃背，才缓缓道："离美食大赛还有三天。"

"我知道啊！"我边说边点头。

就因为只有三天了，所以我最近天天晚上做噩梦，连睡觉都梦到自己被鹿鸣野狂吼，还被野狗追，甚至变成一头大花猪，被人五花大绑地放在火上烤……我深深地觉得，再这样下去，我快要神经衰弱了。

"所以你很着急？"鹿鸣野挑了挑眉毛，依旧目不转睛地盯着我。

"废话！当然急啊！"这可是老爸留下来的东西！

"我本来以为，凭你的勤奋和好学，还有认真，起码能够在这一两个月的魔鬼式训练中做出几道拿得出手的菜……"

所以呢？

"却没有想到，连我这样的大师都救不了你了……"

什么？我一时半会儿没能从这种损人又夸己的话中回过神来，只见鹿鸣野放下筷子，接着说道："你自己尝尝吧！就算是做得不成样子，尝总是能尝出来的吧！"

"哦！"没吃过猪肉，总见过猪跑，这个道理我还是明白的，更何况我还有刘欢心那个顶级吃货朋友。

其实做了这么多菜，我还真没自己尝过，因为每次被鹿鸣野狠狠批评后，我的人生瞬间就变成黑白的了，吃饭什么的根本不在考虑范围之内。更何况开启狂暴模式的鹿鸣野，不但抨击我的食物，抨击我的智商，就连我的人格也会被他侮辱，尽管事后会道歉，但是道歉有用的话，还要警察做什么？

今天做的这道烤牛肉，是根据鹿鸣野的严格要求完工的，包括放几克盐，几克糖，几勺子的辣椒，多大的火，烤多长的时间，翻几次……总之，我既没有偷懒，也没有偷工减料，但是鹿鸣野竟然连尝都懒得尝了。

我暗暗腹诽，但还是提起了筷子，然而就在筷子戳下去的时候，我发现

大事不好了。我竟然忘记切换大小火，把肉烤硬了，一筷子下去，戳都戳不动。怪不得鹿鸣野连下筷子的欲望都没有，难道我郝甜甜除了面包，这辈子什么也做不成了吗？

"鹿大人，我……"

呜呜，我快要哭了，怎么办？看着鹿鸣野那失望的表情，哦不，根本就是面无表情，我无可奈何，准确说应该是失望到了一定的程度，变得麻木不仁，什么都无所谓了。

"按照你这样的情况，只要勤奋好学，跟着我学个一两年的话，应该凑合着可以上台比赛吧！"

一两年？老大，离比赛只有三天了，你竟然让我跟着你学一两年！还算是凑合着？更何况，一两年之内可能发生的事情多了去，我怎么知道你什么时候就离开了……对了，离开……说到"离开"，这个词就像一记重拳狠狠地打在了我昏昏沉沉的脑袋上，令我瞬间清醒。

如果鹿鸣野离开了，该怎么办？

突然，一股从未有过的悲伤涌上了我的心头，只要一想到鹿鸣野可能会离开，我就禁不住全身发冷，牙齿打战，眼泪也"唰"的一下涌了出来。

"那个……甜甜姑娘，你别哭啊！"我毫无预兆的情绪变化令鹿鸣野惊慌失措，他一边拿起桌上的纸巾帮我擦眼泪，一边柔声安慰道，"其实你做得已经很好了，在这么短的时间内学会了这么多的东西，这可是很难得的事。也许是因为我们御厨世家的要求比较高，所以我对你严厉了一些，唉，你别哭了，再哭就不好看了……"

呜呜……浑蛋，乱安慰什么啊！你根本就不懂我为什么哭好吗！

不过，看到鹿鸣野手忙脚乱的模样，还差点儿拿抹布当成纸巾替我擦眼泪，我还是很没出息地"扑哧"一声笑了出来。

"太好了，你终于笑了！"鹿鸣野长吐一口气，感慨道，"你哭的时候还真是挺丑的！"

"鹿——鸣——野！"你难道就不能说句好听的话吗？我刚哭完呢！

听到我的怒吼，鹿鸣野似乎有自知之明，快速捂着头做半蹲状，然后可怜兮兮地看着我："甜甜姑娘，你好凶啊！"

见到鹿鸣野这副模样，我被自己的口水呛到了。

什么时候开始，鹿鸣野这个家伙把装可怜当成哄人的必杀技了？

"喂！"我抬起脚踢着鹿鸣野的鞋子，郁闷地问道，"那你说该怎么办？美食大赛我是肯定要参加的，名次也必须拿到……"

"那我可以站起来说话吗？"鹿鸣野依旧瞪着大眼，小心翼翼地开口。

"鹿鸣野，你有完没完啊！"我都快要被气哭了，这家伙怎么这么喜欢演啊，早知道就该问问千允澈他们公司还要不要新人，让鹿鸣野去演戏，肯定能一炮走红。

"完了！"鹿鸣野被我一吼，快速从地上弹起来，结果因为蹦得太高，脑袋"砰"的一声撞到了天花板上。

好吧，对于这种"灵异"事件，我已经见怪不怪了，尤其是当我们看动画片的时候，趁老妈不注意，鹿鸣野还会模仿动画片里的人物表情，比如把耳朵扯成大扇子，然后吓我一大跳。

"现在我们扯平了吧？我刚才惹甜甜姑娘生气，现在看在我受伤的分上，甜甜姑娘就原谅小的吧！"鹿鸣野捂着头可怜兮兮地说道，说完，他双手

握在一起，恭敬地对我作揖。

这家伙，最近看多了喜剧片，说话时竟然也学会油腔滑调了。

我一边感慨时间这把杀猪刀，把原本温文尔雅的美少年变成了此刻的地痞小流氓，一边又觉得，这样的鹿鸣野比起当初，应该更让女生们喜欢吧……停停停！郝甜甜，你到底在想什么呢？

我赶紧收回思绪，还有三天就要比赛了，现在根本不是胡思乱想的时候。

"你还是快点儿说我现在该怎么办吧！"我挥挥手，赶紧打断鹿鸣野的"表演欲"。

我总不能让鹿鸣野代替我去参赛吧！万一他表现得太出色，被好事的人四处挖资料，从而引发一系列麻烦怎么办？

否定了这个糟糕透顶的建议后，我目光炯炯地望向鹿鸣野，希望他能给点儿不一样的建议。

"其实办法也不是没有！"鹿鸣野突然神秘一笑，"跟我来！"

呃……为什么我总觉得这家伙今天就是为了耍我？明明已经有办法了，还要折腾我。

事有轻急缓重，暂且把鹿鸣野的小恶作剧放到一边，我乖乖跟着他进了厨房。等进了厨房后，又见他从冰箱里拿出两条鱼。

鱼已经杀好了，但是没有处理，鹿鸣野拿了一条，另一条交给了我，然后他一边处理，一边跟我讲解处理的诀窍，让我在旁练习。

啧，果然有预谋！不过，我还真是幸运，竟然捡到鹿鸣野这个活宝。

想到这里，我不由得抬头看了鹿鸣野一眼，此时他正跟我说该怎么下刀。他轮廓分明的侧脸映着从玻璃窗透进的亮光，俊美得像是一幅色彩浓艳的油画，显得格外不真实；一贯绑在脑后的辫子也没扎，而是松松地系了个马尾，我突然想到"陌上人如玉，公子世无双"这句话。

"下刀啊！你发什么呆？"突然，一声呵斥打断了我的思绪。

"是是是！"回过神看到一脸严肃的鹿鸣野，我立即点头说道。

啊，真是太丢人了，我竟然看鹿鸣野看呆了！郝甜甜，现在是犯花痴的时候吗？还有，我竟然会用那么美的句子形容鹿鸣野这家伙。

由于鹿鸣野是现场教学，所以并不像我自己做菜时那么讲究时间和效率，而是务求谨慎。除了时不时向我强调哪些环节必须记住，哪些又可以自行处理，以达到不同的效果，有时候还会手把手指导我怎么做，做成什么样，才能达到想要的效果……

在鹿鸣野拿着刀教我用萝卜刻龙门的时候，手指间的不经意碰触一度令我心跳加快，紧张到差点儿无法投入。

"郝甜甜，你再不注意看刀，我就把萝卜削成你的模样！"

我怎么又看着他发呆了？

"讨厌的苍蝇，快看我不拍死你……"我禁不住脸红心跳，故意东张西望，然后指着某一处喊道。

"看仔细些，从今天开始，你只练习这道菜。"鹿鸣野毫不留情地打断我。

"只练习这一道？"我惊讶道，"你的意思是，我这三天只做这一道菜？"

"没错！"

听到鹿鸣野的回答，我在脑海中快速计算了一下，然后赶紧抬头挺胸，喊道："遵命，鹿大人！"

闻言，鹿鸣野回头冲我微微一笑表示肯定，但是这一笑把我刚才好不容易聚集的精神都打散了。

没事长这么好看干什么，笑起来会要人命的知不知道！

"我仔细考虑过，你先前说，一道外表都不好看的料理，更没有人愿意去品尝了，我觉得也有一定道理，但是你要记住，一道料理最重要的还是它本身的味道。"我刚将自己胡思乱想的心神收回来，就听鹿鸣野一边做菜一边说，"所以我特意为你设计了这道菜，做起来不难，外形也很抢眼。"鹿鸣野说完，菜也做得差不多了，洗完手之后，他便把菜盛入了瓷盘中，可是……这道菜看起来也没什么特别的啊，一头鲤鱼，配上简单的蔬菜，看起来最抢眼的估计就是这只雕成龙门的胡萝卜了。

正当我疑惑不解的时候，鹿鸣野突然神秘一笑，紧接着，舀了一勺高汤，顺着鱼头的部位淋了下去。

刹那间，我以为自己眼睛花了，刚刚躺在盘子里的那条鱼竟然……竟然动了！

"这是……这是怎么做到的？"我简直不敢相信自己的眼睛。

"这道菜，我为它取名'鲤鱼跃龙门'。"鹿鸣野说，"如果你说面包是你对你爸爸的思念，所以你才会做得那么好吃，那么这道菜就是我对你的心意。"

他对……对我的心意？

鹿鸣野的话犹如一颗惊雷，在我脑中"轰"的一声炸开，然后陷入一片空白。

这家伙，到底知不知道自己在说什么！

我看着正在洗手的鹿鸣野的背影，心里滋生出一股莫名的情绪，然后生根、发芽……就好像被春风吹过一样，暖暖的，痒痒的。

鲤鱼跃龙门，我真的能像这道菜里的"鲤鱼"一样，跃过那道"龙门"吗？

怀着这样的心情，在美食大赛当天，我踏进了比赛现场，听着台上主持人热情地喊着选手上台，以及台下观众的呼喊声，心中紧张到不行。

"甜甜，别紧张，你又不是第一次登台了……"刘欢心给我打气道。

"我什么时候上过台啊？"我苦着脸说道，胸口就像被一座大山压着似的喘不过气，只好不停地在胸前画"十"字，祈求上帝保佑。

"你忘啦？你上幼儿园的时候，上台演过白雪公主！"刘欢心笑眯眯地说道。

幼儿园？刘欢心，你确定是说幼儿园吗？幼儿园那是多么遥远的过去啊！更重要的是，那是童话故事演出，和参加比赛完全是两回事啊！

虽然刘欢心的鼓励不靠谱，不过被她这么一说，我似乎也没那么紧张了。

"你小时候都不怕，现在怕什么？难道这十几年你只长个子不长胆量吗？"见我没回答，刘欢心再下一剂猛药，"你做好自己的就行了，你没看到那个人比你还紧张吗？"刘欢心说完，指了指不远处的另一位选手。

只见那位长得圆润的选手从坐下开始，两条腿就抖得像筛子，轮到他上

台的时候，主持喊了他三遍，他才如梦初醒般走上台，而且在上台的时候还不小心摔了一跤。

嗯……这样比起来，我确实冷静多了。

"甜甜，你真的不用紧张，你只要想，横竖都是死，大不了拼了！只有发疯的人，才会打败一切正常人！"

这到底是什么逻辑啊！

就在刘欢心用各种典故激励我时，买水回来的鹿鸣野突然说道："下一个就轮到你上场了吧！"

"嗯！"说完，我一抬头，发现有不少观众把目光投向了鹿鸣野。这家伙今天穿着他那套御厨世家的制服，说是会给他带来好运和力量。

长得好就是不一样，到哪里都像磁铁一样，磁场强大到吸引所有的围观群众。

"加油！"即将轮到我上场，鹿鸣野边说边解下他绑在辫子上的红丝带，然后绑到我的额头上，就在我因为他莫名其妙的举动发愣时，鹿鸣野好听的声音再次响起，"就当我陪在你身边。"

由于解下了丝带，鹿鸣野那头长发此刻正尽数披散在身后，俊美无比的脸上则挂着浅浅的笑容，看着我的双眸中闪耀着炫目的光彩，一如他那块玉石，流光溢彩……

"甜甜，主持人喊你上场了。"正当我不知该如何开口回应时，刘欢心扯着我的衣服说道。

"啊，这么快？"一时间，我又慌乱起来，整个人不受控制地在原地转圈，却不想鹿鸣野一把扯住焦急不安的我。不等我反应过来，他又紧紧把我搂进怀里，缓缓道："加油，我相信你一定会成功的！"

也许是被红丝带赐予了力量，也许是被鹿鸣野的拥抱刺激到……比赛开始后，我整个人就像打了鸡血一样，一道菜做下来非常顺利，就连一向令我分辨不清的糖和盐、醋和酱油，我都准确无误地进行了调配，而且一次性成功。

看着躺在盘里的鲤鱼，我愉悦地咧开了嘴，然后把雕刻好的龙门放了上去，与此同时，和我一起上场的四位选手也已经完成了各自的料理。

时间到，见选手们都成功完成了，主持人笑意盈盈，从左往右开始一一进行介绍，观众们也随之发出惊叹声。

很快，主持人走到了我的面前，当观众兴奋的目光聚集到我的菜上时，开始交头接耳，窃窃私语。

"如果我没记错的话，这道菜的名字叫'鲤鱼跃龙门'对不对？"主持笑着问道。

"对。"我深吸一口气，笑着点点头，尽量保持镇定。

"可是……"主持人不可思议地看着盘里的鲤鱼问道，"我们只看到了鱼，并没有看到'跃'啊，难道还有什么秘诀吗？"

"当然有秘诀啦！"我学着鹿鸣野的样子，神秘一笑，然后拿起勺子，舀了一勺高汤，冲着鱼头部的位置淋了下去。

"天啊！"见到接下来的画面，主持人惊呼道，"真的跃了！"

随着主持人的惊呼，刚才还抱着嘲笑姿态的观众和选手也纷纷发出了惊呼。

"这是怎么做到的？"主持人盯着盘中的鱼，百思不得其解。

"这是个秘密！"我笑着回答道，随后朝鹿鸣野和刘欢心的方向比了个

"V"字的手势。只是刘欢心此刻正雀跃地和周围的观众说着什么,只有鹿鸣野看着我,回给我一个"V"字的手势。

"这实在是太神奇了!摄像师,让我们再回放一遍好吗?"主持人再次开口,同时把目光放在身后的大屏幕上,现场所有人都依言望去,我也禁不住扭头。

画面一开始,桌上摆着五份料理,每一道料理摄像师都给了特写,而到了我的"鲤鱼跃龙门"时,简直是……怎么说呢,有种鱼目混珠的感觉,既不显眼,也不出色,还特别廉价。然而,在我将高汤淋下去的时候,随着热气升腾,原本躺着的鲤鱼突然动了起来,"唰"的一下跃过了那扇用萝卜雕刻而成的龙门。刹那间,热闹的场内安静下来,镜头扫过的地方,每个人脸上都是惊讶无比的表情,直到后来主持人的声音响起,台下的观众才如梦初醒。

看到这里,我长长地吐了口气。其实我之前看鹿鸣野做这道菜的时候,并不觉得有什么稀奇,顶多算惊奇,而到了现场,也许是因为摄像机角度的问题,那条鲤鱼好像活了一样,造成了更大的视觉冲击。

"天啊,简直好吃得不得了!"正在我感慨鹿鸣野的奇思妙想之时,试菜的评委之一突然瞪大眼睛说道,"我从未吃过这么美味的食物!这鲜嫩的肉质,这清爽的口感……我决定投郝甜甜一票!"

有了第一位评委的表率,其他评委纷纷开始试菜,有的竟然还从椅子上弹了起来,那场景,我生怕他从哪里扯出一块丝巾,然后迎风奔跑。

"恭喜郝甜甜,成为本场第一位通过复赛的选手。"评委打分出来后,主持人拿着一张决赛入场券走到我的面前,笑容满面地说道,我在惊喜的同时,也没有漏过"复赛"这两个字。

复赛？我没听错吧？不是从初赛开始的吗？我记得有些节目还会因为人太多，进行一次海选呢！到我这里怎么直接进入复赛了？先不管那么多了，能够进入下一场比赛才是最关键的。

我无法抑制此刻激动的心情，飞一般地奔下台，然后给了鹿鸣野一个大大的拥抱，半挂在他身上说道："鹿鸣野，我成功了！你听到了吗？我成功了！真是太谢谢你了，要不是你，我根本不可能，也没有办法站在这个舞台上！"

一想到我一边给鹿鸣野吃面包，一边让他吃难吃的料理，这样恶作剧般地证明他会"变身"，就简直惭愧到无地自容。

我有罪，我一定要向鹿大人道歉，以后再光明正大地欺负他！

"行了行了！"正在和周围的观众分享喜悦的刘欢心扯着嗓门抗议，"郝甜甜，你好歹是个女孩子，大庭广众之下，别抱那么紧好吗？而且鹿大人都快被你勒得喘不过气了……"

听到刘欢心的话，我赶紧放开鹿鸣野，只见这家伙一张脸红得像煮熟的虾，被我一看，还不好意思地低下了头。刘欢心却借机给我一个大大的拥抱，然后快速拿出纸和笔："签个名吧，顺带发表一下获胜感言！"

这个丫头，除了找人签名，能想点儿其他的东西吗？

比赛结束后，刘欢心说千允澈也在附近拍摄，于是我们三个人便决定来看看，再顺便看看能不能蹭个饭。按照刘欢心的话来说就是，千允澈马上就要成为明星了，要是再不蹭他的饭，万一人家将来出名了，就没机会蹭了，所以现在必须有得吃就吃，有得喝就喝，有得蹭就蹭。

"快看，千允澈今天好帅哦！"远远地只看到一个黑色的背影，刘欢心就开始欢呼起来。

我顶着满头的黑线，默默地别过脸。

真是太丢人了，能不能不要这么兴奋啊！

"怎么，他们今天的女模特没来吗？"鹿鸣野突然皱了皱眉头说道。

"什么？"

我和刘欢心同时满眼问号地望向鹿鸣野，只见他耸了耸肩说："我听他们说，他们今天拍摄的女模特临时有个通告来不了了，导演正在发脾气。"

"啊，这么远你也听得到？"我看了看拍摄场地，又看了看鹿鸣野，目瞪口呆。

"我以前不是跟你说过嘛，百米之内的声音我都能听得很清楚。虽然现在有点儿远，但是那个导演的声音比较大，所以……"鹿鸣野解释道，"那我们还要过去看吗？"

"那我们就别去了吧，要是他们工作不顺利，我们还过去的话，导演会更加生气的……"

"他好像看到我们了！"我还没说完，刘欢心突然打断我的话。我回头一看，千允澈正朝我们走过来。

"比赛结束了吗？怎么样？"走近后，千允澈笑着问我。

"通过了，通过了，你是没有看到……"不等我开口，刘欢心就兴奋地大肆渲染刚才的画面。

听到刘欢心的描述，我似乎有些明白，为什么流言传到最后版本多得几乎可以压死人，而且离奇度也高得吓死人，因为作为目击者的刘欢心都能越说越离谱，到最后甚至把"鲤鱼跃龙门"这道菜夸成好莱坞魔幻大片了。

"那真是太好了，可惜我没能亲眼看到。"听完，千允澈忍不住开心地说道。

"有什么好遗憾的，听说以后会在电视上播出呢，搞不好甜甜因此出名了。幸亏我聪明，及早要甜甜给我签名了……"刘欢心整个人像打了鸡血一样，边说边四处张望，对于那些拍摄的东西的好奇度堪比鹿鸣野第一次坐公交车。

我就知道这丫头找我要签名是有预谋的！

"允澈，导演让你先拍自己那一部分，到时候再看看能不能联系到别的女模特……"我正要问千允澈关于复赛的事，千允澈的经纪人跑过来说道。

"好，我知道了。"经纪人离开后，千允澈又看着我们说，"那我先去工作了，你们先坐一会儿。"

"鹿大人！"千允澈走后，刘欢心又把目标转移到了鹿鸣野的身上，瞪大眼，满是崇拜地说道，"真被你说中了，他们的女模特来不了了！"

"也被你说中了，千允澈今天真的很不一样。"鹿鸣野不以为然地笑了笑。

对哦！被鹿鸣野这么一说，我才注意到，此刻在镜头前摆出各种动作的千允澈，全身上下都散发着自信，完全不像平时那腼腆、害羞、不擅于和陌生人打交道的模样。

"你就是郝甜甜吧？"就在我感慨千允澈也许是天生做明星的料时，千允澈的经纪人走了过来，并且看着我，与其说是问，倒不如说是确认，"允澈真是够拼的，为了让你能够参加比赛，不惜利用他老妈的名义帮你走后门，幸

好你今天表现出色。"

"走后门？"我惊讶地重复道。

"是啊，'美食大赛'的初赛早就结束了……"

"欧阳，过来一下！"经纪人的话还没说完，坐在监视器前的导演就喊他过去。

经纪人欧阳离开后，我的脑海里一直回荡着那句"千允澈利用他老妈的名义帮我"的话。

我说这个比赛怎么一来就是复赛，原来是初赛早就结束了……千允澈平常最不喜欢别人将他父母跟他相提并论，可是现在，他竟然为了我……

郝甜甜，大家都这么帮你，你一定要加倍去回报大家！

"郝甜甜。"就在我走神之时，去而复返的欧阳问道，"不知道你对拍广告有没有兴趣？"

"拍广告？"我不解地望向和欧阳一同过来的千允澈。

"是这样的。"欧阳继续解释道，"拍摄的女模特临时有事来不了，导演刚才看到你们过来，觉得你的条件还不错，身材比较高挑，不知道你愿不愿意帮忙……至于报酬方面，我们可以好好商量。"

听了欧阳的话，我好半天才反应过来。

他的意思是……是要我代替那个女模特和千允澈拍照？

"其实很简单的，这一次的广告主要是推出男生的羽绒服，女生的只是很少一部分，所以女生的拍摄并不多……"我这个念头刚闪过，欧阳就证实了我的想法。

"可是……"我有些犹豫。

"去吧，去吧，去吧！"刘欢心扯着我的衣服不停地催促，"到时候拿了钱，好请我们吃大餐！"

你能有点儿别的追求吗？

就这样，在莫名其妙的状况下，带着半信半疑的心情，我半只脚踏入了模特界，即将拍摄生平第一支广告。不过，直到换好衣服、化好妆，站在灯下的时候，我才发现，其实拍照一点儿也不像欧阳刚才说得那么简单。什么只要摆摆动作，放松身体，尽量展现自我就行了，这这这……这完全就是被绑架的感觉啊！

"别紧张，没你想象中得那么难，你只当是在打雪仗就行了！"站在我身后，一手扣在我腰上，一手拉着我的千允澈小声提醒道。

但是……打雪仗？这可是夏天！这么热的天穿这么厚的羽绒服，我整个人都快要燃烧起来了。

"嗯，很不错，比我刚开始拍的时候好多了！"

"对，笑一下，眼睛看着我手中的球！"

"郝甜甜，快看飞机……"

"哎呀，刘欢心，你怎么可以吃那么多……"

在千允澈一惊一乍的呼喊中，我不停地东张西望，各种表情层出不穷，然而等看清楚他所指的方向时，却发现什么都没有。

原来千允澈只是为了引导我尽量做出自然的表情，他真是太聪明了！

"怎么样？其实很简单吧！"拍完一组照片后，千允澈笑着和我说。

"还是做面包简单点儿。"我苦着脸回答道。

直到现在我还是觉得脸上的肌肉很酸，不停地变化表情实在是太累了，

　　不过刚才还真是多亏了千允澈的帮忙，才能这么顺利地完成。

　　"但是做面包对我来说很难啊！"千允澈也学我苦着脸说道，见我"扑哧"一下笑出声后，才眨了眨眼睛问道，"要不要去看看拍好的照片？"

　　酒红色的波浪大卷长发……其实是道具，很随意地披散在身后，因为是向前跑的动作，发丝向后飞扬，黑色的长款羽绒服并没有扣上拉链，而是敞开着，伴随着我的姿势，潇洒地在空中画了个弧度，而我整个人以一种跳起来的姿势，在空中定格了。在我的前方，是同样跳起来的千允澈，不过他的一只手拉着我的手……

　　这画面也太唯美了吧！我简直不敢相信被刘欢心称为"女汉子"的我，会有这样女人的一面。还有这张，我和千允澈错开半步，背对背，我回头望向他，他也回头望向我……还有我和千允澈在沙发上拿着靠垫打闹的照片，四处飞扬的羽毛，看起来十分唯美……

　　这真的是我吗？我难以置信地盯着电脑上的照片，身后传来欧阳和导演的对话。

　　"吴导，你的眼光也太准了吧！"欧阳不无赞叹地感慨，"本来还以为没什么效果，没想到拍出来竟然出其不意的好……"

　　"那当然，这个女孩身材比较高挑，五官秀气，上镜很好看。对了，让他们休息一下，一会儿拍另一组！"

　　"怎么样？不错吧，连导演都夸你了。"千允澈用胳膊碰了碰我的手肘。

　　"都是因为你帮忙，我才……不然我都不知道该怎么做……"

　　"我说郝小姐，您需要经纪人吗？"我和千允澈刚走到休息区，刘欢心就跑了过来，又是帮我倒水，又是给我捏肩捶背。

"不需要！"

"为什么？"

"因为我没想往这方面发展……"

"喊！"刘欢心的手狠狠地拍在我肩上，鄙视道，"真没幽默感，你配合一下会死啊……"

刘欢心的话音刚落下，我恰好看到鹿鸣野，四目相对，他什么也没说，直接不屑地把头转到一边。这家伙难道又吃错东西了？

"鹿鸣野刚才没有吃什么不好吃的东西吧？"我小心翼翼地看着全身上下都被一层黑气包围的鹿鸣野。

刘欢心想了一下，摇头说道："没有啊，我们连水都没喝呢。不过，郝甜甜，我从来不知道你穿上高跟鞋竟然那么高，我说你是怎么长的呀？明明大家吃的东西都是一样的，你怎么可以长那么高……"

"你怎么可能跟她吃一样的东西？"鹿鸣野突然语气不善地开口，"人家可是一天不吃榴梿就吃不香睡不着。"

"你少胡说，我不过是最近才吃！"我赶紧澄清，却不想一旁的千允澈开口了："甜甜，你喜欢吃榴梿吗？"

"榴梿、臭豆腐，任何臭的东西都是她的最爱……"鹿鸣野冷笑道。

"这样啊！"愣了愣，千允澈嘴角抽搐地回答道。

鹿鸣野这个家伙，为什么诋毁我的形象？

"难道我买了你不吃吗？我昨天买了两个榴梿，你还不是吃了一个？吃完还想抢我的呢！要不是我反应快，你肯定两个全吃了！"我不甘示弱打击回

去。

"我是怕你吃到全身臭味，出门熏到别人。"鹿鸣野不服气地反驳道。

"哎呀，真是不劳你费心了，我买了香水……"

"你就不怕过敏吗？"鹿鸣野梗着脖子轻蔑地哼哼，"是谁上次过敏，拜托我去给她买药？"

"那你上次拉肚子，我也替你买药了啊！"

一说起买药这事我就来气，上次我感冒，这家伙非说吃中药好，结果他自己感冒后竟然买了一盒冲剂。请注意！冲剂的味道还是小朋友最爱的草莓味！

"你们能不能不要在这里大声讨论谁吃饭吃得多，谁为了玩手机故意上厕所什么的恶心话题，我们可以聊一些高雅的东西，比如最近流行什么歌曲啊……"就在我和鹿鸣野你一言我一语进行人身攻击、互不相让的时候，刘欢心插嘴道。

"哼，他只听昆曲，还是《牡丹亭》，杜丽娘死的时候，哭得比谁都惨！"说到歌曲，我又忍不住挖苦起鹿鸣野。

"少来了，你上次去听音乐会，结果一进去就被催眠了，俗不可耐，还想装高雅……"

"鹿鸣野，难道你看电影的时候没睡觉吗？"

……

第九章

祖传玉佩抢媳妇儿

09
CHAPTER

　　"收工啦，收工啦！大家一起去聚聚吧！"拍摄终于结束，听到副导演的声音，我揉了揉因为做了太多表情而酸痛的脸颊，伸展一下僵硬的四肢，禁不住感慨：拍广告真是太累了！

　　"跟我们一起去聚餐吧！"等我从更衣间出来后，千允澈看着我问道。

　　"我就不去了，除了你，其他人我都不熟。再说了，我还要回去看店呢。"

　　"那好吧。"千允澈笑道，"你今天的表现很不错，有没有兴趣转行？"

　　"做模特或者演员吗？"我赶紧摇了摇头，"我的目标是成为美食家，要是被你这个提议耽搁，可是美食界的一大损失！这种艰辛的工作就留给你吧，未来的大明星！"

　　"那你这位未来的美食家，出名后可不能假装不认识我哦。"

　　"我还怕你假装不认识我呢，好啦，我过去找欢欢他们啦……"

　　"喂！"我的话音刚落，和鹿鸣野一起走过来的刘欢心就忍不住抗议道，"你们两个人聊得也太忘我了吧，竟然站在这里说悄悄话，也不过去找我们。"

　　"哪有，我正准备过去找你们呢，你不信问千允澈！"说完，我扭头去看千允澈，不料他正在摸鼻子，笑得一脸腼腆。

　　果然人都是有两面性的，离开聚光灯的千允澈，又回到了那个害羞腼腆

188

的模样。

"你们两个也太过分了，都已经结束拍摄，竟然还眉目传情。"

什么叫眉目传情啊！刘欢心这个丫头……更何况就算是拍摄的时候，我们也没有眉目传情吧！

"别胡说，我们是清白的，比豆腐还要白！"我不自觉地扫了眼站在一旁的鹿鸣野，见他沉着一张脸，我赶紧否认道。

"哼——"我的话音刚落，鹿鸣野冷哼一声，"不是已经结束了吗？怎么还不走？"说完，也不等我们回应，他便率先离开。

还说没有吃错东西，这分明就是被劣质食物毒害的后果啊！

"允澈，我们先走了。"向千允澈道别后，我赶紧拉着刘欢心飞快地追了上去。

真是的！鹿鸣野这个家伙到底在生什么气啊！两条腿就像踩上了风火轮一样，我和刘欢心在后面追得气喘吁吁，还是和他隔着一定距离。

"鹿鸣野，你等一下会死啊！"我一边大口呼吸着新鲜空气，一边冲鹿鸣野越走越远的背影喊道，但是这个家伙就像没听到一样，继续头也不回地往前走。

啊，气死我了！这个家伙到底在别扭什么？

我伸手抹了一把脸上的汗水，然后把手放下，刘欢心就指着我的脸哈哈大笑起来。

刘欢心的笑声特别有穿透力，很快就吸引了周围的行人，大家纷纷向我投来奇怪的目光。我明智地掏出手机当镜子，然后——

看到手机屏幕上的那张脸，我仿佛感觉到一座巨大的山砸到了我脑门

上。

呜……都怪鹿鸣野那么着急地离开，害得我连妆都没卸就追了出来，又辛辛苦苦追了他这么久，结果脸上的妆被汗水晕开了。再加上刚才我那么顺手一抹，晕开的眼影和眼线膏就这样在我脸上画出了一条长长的线，更为糟糕的是戴了两层的假睫毛，此刻正迎风挂在我的眼睑上，远远看上去，就像两条爬行的虫子，怪不得刚才那些人回头看我的眼神那么奇怪。

"你干吗不早说啊？有什么好笑的！"真是的，刘欢心这个臭丫头。

我一边用手擦着脸上的东西，一边郁闷地抬起脚踹向刘欢心，奈何这家伙眼疾手快，不但迅速躲开，同时掏出手机，对准我的脸"咔嚓"拍了两张照片。不等我回过神来，她又快速跳开，和我保持一定距离，欢天喜地说道："我发到朋友圈，再顺便让鹿鸣野和千允澈来围观！"

"刘欢心！"不要往人家伤口上撒盐啊！

说完，我拿起刚才擦脸的纸朝刘欢心的脸丢了过去，却不想又被她轻巧地躲开了。

"淡定点儿，我知道这附近有个厕所，我带你去吧！"

哼，早说嘛！我郁闷地白了她一眼。

我一路催促着刘欢心往厕所走去，不料看到镜子里的那张脸时，还是被自己吓了一大跳。

恐怖片无论看几次，都有恐怖效果啊……

"我发现一个问题，不知道你发现没有？"就着自来水和卫生纸，我差点儿把脸上的一层皮洗掉，等在旁边无聊的刘欢心突然开口。

"什么问题？"我一边继续清理粘假睫毛的胶水，一边随口问道。

"关于千允澈的！"刘欢心歪着头说道。

"他能有什么问题啊？"

"你是真没发现，还是假没发现啊！"

"什么真的假的……"刘欢心平时不是挺直接的吗，今天干吗绕来绕去的？我想了想，说道，"哦，我发现了！他其实挺适合站在聚光灯下的，是天生的明星，要是继承父母的事业了，还真是一大损失。"

"我说的不是这个！"刘欢心一脸嫌弃地否决，然后凑到我旁边，瞪着镜子里的我说道，"如果我说千允澈喜欢你，你会怎么想？"

我差点儿咬掉自己的舌头，难以置信地看向刘欢心。

"你吃错药了吧，他怎么可能喜欢我？"

刘欢心盯着我看了好一会儿，才慢悠悠地说道："你是真的不相信，还是有喜欢的人了？"

喜欢的人？

我的心猛地一跳，脑海中突然闪过鹿鸣野的身影。

"别胡说，我看是你有喜欢的人了吧，才会来这里取笑我。"我赶紧摇摇头，甩开脑海中鹿鸣野那张时而笑眯眯时而暴怒的脸。

说完，我脑中灵光一闪，难以置信地看向刘欢心，再次开口："难道你真的有喜欢的人了？"

这个臭丫头，什么时候有喜欢的人竟然不告诉我！

"你真的没有喜欢的人？"刘欢心没有接我的话茬，而是继续追问。

"谁有谁是小狗！"

"好！"我的话音刚落，刘欢心就打了个响指，笑嘻嘻地说道，"被你

191

说中了，我真的有喜欢的人。"

"真的？老实交代，要不然有你好看的。"说完，我伸手去挠刘欢心的胳肢窝。

"别啊，告诉你就是了，真是的，你知道我最怕挠痒痒了！"刘欢心被我吓得东躲西藏，哇哇大叫。

"那还不说！"我继续向刘欢心抓去。

刘欢心边躲边说："其实你也认识啦，就是鹿大人……"

在听到这个名字的时候，我所有的兴奋突然就像是被冰弹袭击了一样，瞬间冷却了。

"你是说……鹿鸣野？"我小心翼翼地看着刘欢心，一字一句地问道，生怕自己听错了一个字，或者有个同名同姓的鹿鸣野，被我误会了。

"我们还认识其他叫鹿鸣野的人吗？"刘欢心肯定道，"大概从第一次见面的时候开始吧，或者说是他在拉面馆做拉面的时候，反正见面的第一天我就喜欢上他了！"

"那他知道吗？"不知道为什么，我突然觉得呼吸困难，脑子里乱糟糟的，两条腿也不受控制地哆嗦起来。

"我还没有告诉他，不过我打算向他坦白！"刘欢心兀自兴奋地说道，"你觉得告白地点是定在咖啡馆呢，还是电影院，或者意大利面馆？唉，我感觉这些地方都不好，要不公园吧，或者游乐园……"

刘欢心的嘴一张一合，我却一个字也没听进去，只觉得她吐出的每个字都有千斤重，压得我无法呼吸。直到刘欢心摇着我的手，我才回过神。

"给个建议啊，这是我人生中第一次最重要的约会哦！"

"是哦！第一次哦！"我努力扯出一个笑容，想了想说，"鹿鸣野这个人喜欢看电影，不如你们去电影院吧，再顺道吃个饭，还可以散步回家……"

"好！"刘欢心拍手笑道，"这个主意好，那么你觉得我穿什么样的衣服合适呢？是普通一点儿呢，还是庄重一点儿？"

"什么都好，什么都好……"

"是吗？要不我去买件新的吧？第一次约会应该郑重一些！"

"哦，可以啊！"

"真是太好了，我明天就向他表白吧，要不就今天吧。算了，今天太晚了……"刘欢心开心地掰着手指头，喋喋不休。

我到底怎么了？自己最好的朋友看上了自家的小伙计，作为老板兼朋友的我应该很开心才是啊，为什么我这么难受？一定是我今天太累了，又是比赛，又是拍广告，所以精神不好……

"就这么定了，一会儿我去你家跟他说，明天约他出去玩！"刘欢心欢天喜地拍手定案，我则茫然地点了点头。

送走了刘欢心，我整个人处于一种空白的状态之中，满脑子都是他们约会的情形。我忍不住想，万一鹿鸣野吃到不好吃的东西，或者喝到难喝的饮料，变身了怎么办？又或者他做了什么出人意料的事情怎么办？

过于担心鹿鸣野，我一晚上都没睡好，天还没亮就爬了起来，心里更是乱糟糟的，有种说不上来的感觉。直到鹿鸣野从自己的房间出来，处于似睡非睡状态的我才一下子清醒过来。

"你今天要和欢欢出去吧？"提起早就准备好的面包，我走到鹿鸣野面

前问道。

"嗯！"鹿鸣野一边换鞋一边说，"有事吗？"

"没有啦！"我傻傻地扯了扯嘴角。

"那我出门了。"

"好……"

鹿鸣野要出门约会了，跟我最好的朋友……他们会先去看电影，然后吃东西，我应该祝福他们……对了，吃东西！

看着鹿鸣野消失在门外的身影，我突然想起了手上的面包，一边喊一边追了上去。

"鹿鸣野，带上这个吧！"我把面包递到鹿鸣野面前。

"我们今天会在外面吃，而且我早上也吃过了。"鹿鸣野低头看了一眼，回答道，"而且约会带面包给女生吃会显得很小气，我看电视上面，约会都要吃烛光晚餐之类的。我昨天问千允澈，他给我介绍了一家意大利餐厅……"

什么？千允澈这个家伙也帮了忙？

就在我惊得半天说不出一句话的时候，鹿鸣野已经搭上一辆出租车离开了。

不行，不能就这样让他走了！万一出了什么事怎么办？鹿鸣野这个家伙老是做一些出乎意料的事，就算我三番五次交代过他，他有时候还是会暴露"本性"。

"师傅，跟上前面那辆车。"我的眼皮不住地跳，脑袋一热，我也拦了一辆车。

"小姑娘，前面那辆车上的人是你的男朋友吗？"司机大叔一脸严肃地说道，"唉，现在的男孩子啊，只要是有点儿钱，或者长得好看点儿，哪个不是在外面劈腿、脚踏几条船的，要是真的证实了，小姑娘，你也别伤心……"

不知道司机大叔脑补了什么，油门一踩到底，十分有技术含量地帮我跟上鹿鸣野那辆车，同时不忘安慰我。

听到司机大叔的话，我的头顶仿佛飞过一只乌鸦，不知道该说什么，只好紧紧地盯着鹿鸣野那辆车，时不时帮话痨司机大叔指路。

就这样一路跟踪了大概半个小时，鹿鸣野终于下车了，准确说，是鹿鸣野终于和自己的女主角刘欢心接头了。

等鹿鸣野下车后，我也跳下车急忙追上去，结果忘了付钱，又被司机大叔叫住。然而等我付了钱后，却不见了鹿鸣野的身影。

人呢？我竟然把人跟丢了！怎么办？呜呜……我怎么这么没用啊！

"嘀嘀……"就在这时，我的手机响了起来。

手机提示收到了一条短信，发件人是刘欢心，而发件内容则是一张照片。

照片上，刘欢心和鹿鸣野两人站在公园的喷泉前，刘欢心笑靥如花，鹿鸣野嘴角微微上扬，两人手中都拿着大大的棉花糖，看起来甜蜜又幸福。

表白成功了吗？肯定是成功了吧！要是没成功的话，两人怎么会笑得这么甜蜜呢？最好的朋友表白成功，我应该庆祝的，可是……可是为什么我心里这么难过？

郝甜甜，你怎么可以难过？你最好的朋友表白成功，你应该撒花庆祝的呀！

对，应该庆祝，庆祝，庆祝……可是这里没有花，一朵花都没有……

"不好意思，不好意思……"

我失魂落魄地走在街上，突然被人撞了一下。

"没关系。"我机械地回道。

"唉！"对方兴奋地叫道，"郝甜甜！"

听到有人叫我的名字，我总算回过神，抬头看了一眼。

"欧阳？"看清对方的长相，我疑惑地说道。

"真是太巧了。"欧阳笑着问道，"你是来找千允澈的吗？"

"找千允澈？"

"对啊，我们今天刚好在这边拍外景。"欧阳说着，十分热情地把我带到他们拍外景的地方。

根据欧阳的介绍，千允澈正在拍MV，MV中的女主角也是他们公司的艺人。我一边听着MV的剧情介绍，一边连连点头，不自觉地又想起了刘欢心和鹿鸣野。

他们两个现在应该也像MV中的男女主角一样，手牵手，甜甜蜜蜜逛街吧！不行不行！我怎么老是想到他们？

我用力甩甩头，重新把注意力放回到不远处的千允澈身上，就在这时，导演喊了"OK"。

"甜甜，你该不是特意来探我的班吧？"看到我，千允澈先是微微一愣，然后开心地说道。

"是啊！"我打起精神笑着回答道。

我总不能说我是跟踪鹿鸣野来这里，然后又碰到了欧阳，所以被他"热

情"地拉过来的吧?

"我们马上就要收工了,一会儿一起吃饭吧!"

"我……"

"允澈,快点儿去换衣服,准备下一场了。"不等我拒绝,欧阳跑了过来对千允澈说道。

"那我先去换衣服了,你等我!"闻言,千允澈快速离开,临走时再三叮嘱我等他,我不好意思再开口拒绝,只好点点头。

也许是因为我昨晚没睡好,也许因为担心过度,总之,我只要一闲下来,就会不受控制地想起鹿鸣野和刘欢心。我一方面希望他们玩得开心,一方面又不希望他们玩得太开心,内心名为"正义"和"邪恶"的两个人互相掐架,不依不饶。

行了行了!郝甜甜,你能不能别再想他们了?他们怎样关你什么事啊?

再次甩开脑中杂乱的念头,我强迫自己把思绪放到千允澈他们的拍摄上,看着千允澈不断换装、化妆,从一个少年的模样慢慢变成中年,最后变成老年,荧幕之上,时间就像是停止了一样,又好似是重生。

正当我感慨时光匆匆时,化着老年妆的千允澈弯着腰,拄着拐杖走到了我面前,微微眯眼,问道:"小姐,请问你是在等我吗?"

千允澈这个家伙什么时候也学会开玩笑了?

"是的!"我憋着笑,用力点了点头。

"那还等什么,走吧!"得到我肯定的答复,千允澈突然直起身子,一把扯下脸上的胡子,抬起手臂说道。

这也变得太快了吧!

因为千允澈这一搞笑行为，我一早上都很低落的心情稍微好了一些，不过鉴于他下午还要进行拍摄，所以我们吃饭的地方定在了附近的一家西餐厅。

"怎么点了四份？"等千允澈点完菜后，我不解地望向他。

"刚才我看微信的时候，发现刘欢心和鹿鸣野也在附近，就顺便约他们过来了。"千允澈答得轻松，我却在听到鹿鸣野的名字时不由得纠结起来。

为什么我有种做坏事被家长发现的感觉啊？

正当我纠结得两根食指不停戳来戳去时，鹿鸣野和刘欢心走了过来。

"怎么样？有没有觉得我和我们家鹿大人很般配啊？"一坐下，刘欢心就忍不住拿出手机向我展示她的成果。

"我看看！"千允澈探过头扫了两眼，不由得赞叹道，"嗯，不错，不错，相当漂亮，把你的小圆脸都修成锥子脸了，你用的什么修图软件啊……"

"千允澈，你找打对不对？"刘欢心作势就去打千允澈，千允澈笑着闪开，我也忙向一旁闪去，却刚好对上鹿鸣野的双眼。

鹿鸣野的眼中仿佛燃着火焰，直勾勾地盯着我，盯得我心头直跳，赶紧低下头。

这家伙干吗盯着我？他不是跟刘欢心在一起了吗？哼！要是他想脚踏两条船，我一定揍死他！不过……我的心跳为什么这么快啊？

点的菜很快送上来了，千允澈一边招呼大家吃，一边帮我夹了块菜花。

"你们两个也太目中无人了吧，大家都还没开吃呢，你们就夹来夹去的！"刘欢心打趣道。

我不由得抬头看了一眼鹿鸣野，只见他低着头，一言不发地啃着牛排。

"那你想吃什么，我也夹给你。"千允澈不以为然地笑道。

"算了吧！"刘欢心挥了挥手，对着我眨了眨眼，"我还是自己来，我可不想吃别人的口水。"

口水？被刘欢心这么一说，我刚送进嘴里的菜花不知道该咽下去还是吐出来了。

臭丫头，你是故意的吧！

正所谓箭在弦上，不得不发。花菜在口，要是我吐出去，也太明显了。我哭丧着一张脸，选择了把菜花吞下去。

"甜甜，这个送给你！"千允澈从怀里拿出了一个精美的长方形盒子，推到我的面前。

"送给我？无缘无故干吗送我礼物？"

"就是想送你，打开看看，喜不喜欢？"

依千允澈所言，我打开了盒盖，然而在看到里面的水晶项链时，不由得愣了愣，再看到项链上明晃晃的标价签时，差点儿惊得下巴都要掉了。

一、二、三、四个零！这也太贵重了！

"这太贵重了，我不能收。"我拒绝道。

"只是一条项链而已，哪有贵不贵重的说法，更何况，你给予我的鼓励还比不上这条项链吗？"千允澈说着，伸手拿出盒子里的项链就要帮我戴上。

"不用了！"刚才一直处于沉默状态的鹿鸣野突然伸手拦住了千允澈，冷冷地说道，"跟她不合适！"

听到鹿鸣野的话，我和刘欢心还有千允澈同时惊讶地望向他。而就在我们都将目光移向鹿鸣野的时候，服务员正好端着一碗热气腾腾的汤从鹿鸣野身后走了过来。眼看盛汤的碗就要放到桌上，服务员脚下却像是被什么东西绊了

一下，手中的汤碗突然向鹿鸣野的方向倾斜过去。

"小心！"见状，和我坐在一排的千允澈赶紧出声提醒，但奈何服务员和鹿鸣野距离太近，就算鹿鸣野身手敏捷，也避无可避。刹那间，我的脑海中闪过鹿鸣野之前被高汤烫到的情景。

不行，不能让汤洒到鹿鸣野身上！

这个念头刚冒出来，我想也不想，快速起身去抓住倾斜的碗，同时推开鹿鸣野，而结果可想而知，碗里的汤全部顺着我的手臂流下去了。

"嘶——"我痛得倒吸一口凉气，再看看鹿鸣野，见他衣服上仅被汤汁溅到了几个小点儿，顿时松了口气。

我出乎意料的举动令在座所有人都吓了一大跳，短暂的沉默后，服务员最先反应过来。

"你没事吧？"服务员焦急地问道。

"快用冷水冲！"回过神，刘欢心也赶紧提醒。

汤的温度虽然不低——至少表面上看起来我的手臂通红一片，但其实远远没有上次洒到鹿鸣野身上的高汤温度高。比起众人的担心，我算是最淡定的，尤其是千允澈，吓得连话都说不出来了。

听到刘欢心的建议，我刚准备去洗手间，另一只手突然被人抓住，然后赶在我反应过来之前，又顺势被人拉了起来。

等我弄清发生了什么事的时候，我已经站在了洗手台前，而我的手臂正被人按在自来水下。

我侧头望去，看到鹿鸣野正低着头，仔细地用冷水冲洗着我的手臂进行降温，小心又专注，让我心头一暖。

"痛不痛？"我正看着鹿鸣野低垂的眉眼发呆，突然听到他开口。

"啊，没事！"我猛地清醒，连忙垂下头。

"红了这么一大片还没事？"鹿鸣野的声音听起来有些不满。

"真的没事，你上次被烫到了不是也没吗？我怎么就不能没事了？"我笑着把手臂伸到鹿鸣野面前，"别忘了，我可是小强，有一流的恢复能力哦，可不亚于你！"

"郝甜甜！"鹿鸣野突然连名带姓地喊我，一脸严肃地说道，"你不用骗我，虽然有很多事情我还是不太明白，但是我知道，我和你们不一样。"

"扑通扑通——"被鹿鸣野这么一说，我心头猛地一跳，脑中警铃大作，然后快速甩开鹿鸣野的手，紧张地把周围每个角落都检查了一遍，才松了口气。

"以后不要随便在外面说这种话！"每次都重复这样的问题，搞得我像更年期的大婶一样。

"甜甜！"愣了半晌，鹿鸣野伸出双手按在我肩上，一本正经地说道，"谢谢你。"

"谢谢我？"我被鹿鸣野郑重的神情和语气弄糊涂了。

"嗯，如果刚才不是你拦了一下，那些汤就要洒到我身上了吧！"顿了顿，鹿鸣野继续说道，"所以，谢谢你这么帮我！"

"没有啦，如果换成别人，我也会这么做的……"

"你这么帮我，难道是怕我的不寻常之处被人发现吗？"被鹿鸣野一本正经地道谢，我有些不好意思，刚想找个理由搪塞过去，就被他毫不留情地打断，"你是关心我的，对不对？"

"我……"就算是关心又怎么样？

我的脑海中不由得浮现出刘欢心提到鹿鸣野时一脸崇拜的模样，还有鹿鸣野和她在喷泉前的合影，赶紧否认道："你想太多了，我只是怕服务员摔倒把汤洒了，所以……"

"是吗？"鹿鸣野似笑非笑地说道。

闻言，我一抬头就撞上他的视线，而他的眼神就像在说"你就承认吧，你就是为了我才这样做的"。

我咽了咽口水，不好意思地说道："那个……我现在已经不疼了，我们出去吧！"

"甜甜！"在我转身的一瞬间，鹿鸣野却伸手抓住了我的手腕，把我拉了回去。紧接着，一个柔软的东西压在了我的唇上，等我意识到那是什么的时候，惊讶得半天回不过神。

鹿鸣野，他……

我的脑海中不停地重复着刚才的画面，像是潮汐一样澎湃的感情，不断冲击着我的神经。

鹿鸣野怎么可以吻我！

"刘欢心说得没错，我们家甜甜就是一个心口不一的傻妞，必要时得使用'强制手段'。"放开我后，鹿鸣野坏笑着说道。

强制手段？刘欢心说的？什么意思？

我顶着满头问号望向鹿鸣野，只见他微微一笑，说道："你该不会以为我今天真的是和刘欢心出来约会的吧？"

"难道不是吗？"

"笨蛋！"鹿鸣野宠溺地捏了一下我的鼻子，"当然不是了，她是要跟我确认，我到底对你是什么样的感觉！"

"结果呢？"

"结果刚才不是告诉你了吗？"

看着鹿鸣野的笑脸，我再次想起刚才那个突如其来的吻，脸颊瞬间烧了起来。

啊，刘欢心这个死丫头！竟然瞒着我替我找男朋友，我郝甜甜的行情有那么差吗？

"她还告诉我，你也喜欢我，所以要我好好把握！"

"那千允澈约我们一起吃饭的事情，也是计划之中的吗？"

"当然不是啦！"鹿鸣野像看白痴一样看我，"你觉得哪个男朋友会想看另一个男生对自己女朋友示好？"

对哦！不过话说回来，要不是我决定跟踪鹿鸣野，也不会碰到千允澈，更不会……

不要再想那个吻了！

"这是我们鹿家祖传的玉佩，是送给未来媳妇的定情物，所以从现在开始，你不可以收任何人的东西了……"就在我胡思乱想的时候，脖子上突然多了个东西，我低头一看，正是鹿鸣野以前戴在脖子上的那块玉。

听到鹿鸣野的话，我顿时觉得，此刻的我就像是被人用连环无影脚踢了，正晕头转向的时候，又被人用太极八卦拳打了一拳，好不容易等我回过神来吧，不想对方又一记"天外飞仙"，直接把我秒杀了。

回到家，躺在床上，接受着鹿鸣野全方位的照顾，从做饭、喂饭、漱

口、洗手到陪聊、拆零食等等一条龙服务后，我才如梦初醒地回到了现实世界。

摸着胸口那块带着体温的玉佩，我不可思议地看向正在削苹果的鹿鸣野，心中嘀咕：难道我就这么把自己卖了？

然而，这个念头刚闪过，鹿鸣野就像是头顶长了眼睛一样，抬头冲我谄媚一笑，递上削好的苹果，文绉绉地说道："夫人，吃苹果！"

"甜甜！"第二天，我刚出家门，就被从一旁窜出来的刘欢心吓了一大跳。

这家伙怎么一大早就在这里等我啊？

"听说鹿大人昨天把你拿下了？"不等我开口，刘欢心已经挽着我的胳膊贼笑起来。

这家伙说话能不能文明一点儿啊？什么叫拿下……

"我们是清白的，像牛奶一样白。"我没好气地拍开刘欢心的手，严肃道。不过，这家伙大老远地来我家，就是为了找我聊天吗？

"好吧，我知道鹿大人是正人君子，但是你嘛……"刘欢心用一种非常令人担心的眼神看着我。

喂喂喂，你那是什么眼神啊！难道我郝甜甜在大家眼里就是这种人吗？就算鹿鸣野长得不错，也没有必要把我想得多不堪吧！

我伸手给了刘欢心一个爆栗，咬牙愤愤道："再胡说，小心今天的早餐不分给你啦！"

"你可不能这样啊！鹿大人已经发微信告诉我，说今天你给我带了早餐、中餐，还有一份开胃小点心！"刘欢心赶紧抗议道。

"是吗？"我皮笑肉不笑地反问。

鹿鸣野这个家伙，看来需要好好调教调教了……

"对啊！所以，你可不能光明正大地把我那一份私吞了！"刘欢心义正词严道。

"知道了，赶紧走吧，再不走又要被关在校门外了。"我忍着翻白眼的冲动，没好气地说道。

"不怕不怕！"刘欢心摇晃着包子头，得意地说道，"今天就算迟到十分钟都不怕被记名。"

"为什么？"

"因为今天在校门口查人的是千允澈，嘿嘿……"

我能不能说这叫执法犯法，明修栈道，暗度陈仓……好像不太恰当，是不是应该说贼鼠一窝？

不过说到千允澈，我记得刘欢心曾说过他喜欢我，但是我现在已经……我不自觉地摸了摸胸口的玉佩，却不想被刘欢心眼尖地发现了。

"那根红绳是什么？是不是鹿大人送给你的？我要看！鹿大人到底送了你什么定情信物啊！"

"一边去，别碰坏了！"看到刘欢心兴奋的模样，我一边护着玉佩，一边拍开她的手，确保她镇定了下来，才小心翼翼地把玉佩拿出来，给她看了一眼。

"好啦！看完了吧！"说完，我又快速地把玉佩收了进去。

"哼，小气鬼！"刘欢心鄙视道。

"是又怎么样？你就嫉妒我吧，我可不在意哦！"

"郝甜甜，你这是过河拆桥啊，我好歹算半个红娘……"

就这样，我和刘欢心你一句我一句来到了学校，到了校门口的时候，果然看到千允澈站在那里。

"为了你们两个，我可是把表调慢了十分钟！"看到我们过来，千允澈微笑道。

"我们迟到了十分钟吗？"听到千允澈的话，我赶紧拉着刘欢心往教学楼冲去。

完了，老师肯定进教室了！

"骗你们的！"就在我和刘欢心急速奔跑的时候，身后却传来了千允澈爽朗的笑声。

最近到底怎么啦！怎么大家动不动就耍我？昨天是刘欢心和鹿鸣野，今天就连千允澈也这样，呜呜……不过朋友之间无伤大雅的玩笑也是一种幸福，就是不知道，我向千允澈坦白我对他的感觉后，这种幸福还能不能继续下去……

关于千允澈的问题，就像一根恼人的藤蔓，缠了我整整一天，害得我连上课都没办法集中精力，好几次话都到了嘴边，又被我收了回来。好不容易等到放学，我决定把事情说清楚，所谓"快刀斩乱麻"。

放学后，我满怀忐忑地站在校门口，终于看到做完值日的千允澈背着书包走了出来。

"怎么啦，还不回家？"见到我，千允澈打招呼道。

"我有话要跟你说，虽然我不确定你到底……不过我还是……"

　　"你是想说你和鹿鸣野的事吧？"不等我表达完自己的意思，千允澈率先说道。

　　"你……你怎么知道？"

　　"昨天刘欢心跟我说过了。"

　　哦，对了，昨天我和鹿鸣野离开后，刘欢心还跟千允澈在一起，她肯定会告诉千允澈的。

　　"刘欢心说得没错。"千允澈伸手理了理我被风吹乱的头发，说道，"我确实喜欢你，不过要是你和鹿鸣野在一起了，我也会真心地祝福你，毕竟我可不能让自己喜欢的女生因为我而苦恼……"

　　"千允澈……"

　　"我真羡慕鹿鸣野……"

　　"有什么好羡慕的。"我小声反驳道，"他昨天还说我不黏他，把他排在料理后面呢。再说了，喜欢你的女生可是一大堆，要是你以后出名，就更加了不得了，估计到时候整整一条街都要被喜欢你的女生堵死了吧！"

　　"那就借你吉言，希望我早日梦想成真！"千允澈调皮地冲我眨了眨眼睛，沉默了一会儿，说道，"你有没有想过你们的未来？鹿鸣野他……毕竟跟我们不一样，万一有一天……我是说万一，他突然回去了，你该怎么办？"

　　我和鹿鸣野的未来？我好像还没有想过，不过一想到未来，再想想鹿鸣野的奇异之处，我就忍不住紧张起来。

　　就算鹿鸣野回不去自己的世界，可只要他生活在这个世界，总有一天会被人发现他与众不同的地方。

　　"好了，别想那么多，是我不好，我不该在这种时候说这些伤感的话，

不是有句老话吗？船到桥头自然直。"千允澈拍了拍我的肩，郑重道，"眼下你还是好好享受现在的甜蜜，把心思放到即将到来的'美食大赛'总决赛上吧！"

啊，对了！美食大赛！我差点儿忘了这件事！

一想到决赛，我整个人像打了鸡血一样，全身上下充满了力量，开始全身心投入到料理中。然而鹿鸣野的事情就像一根刺，总会时不时出来扎我一下。

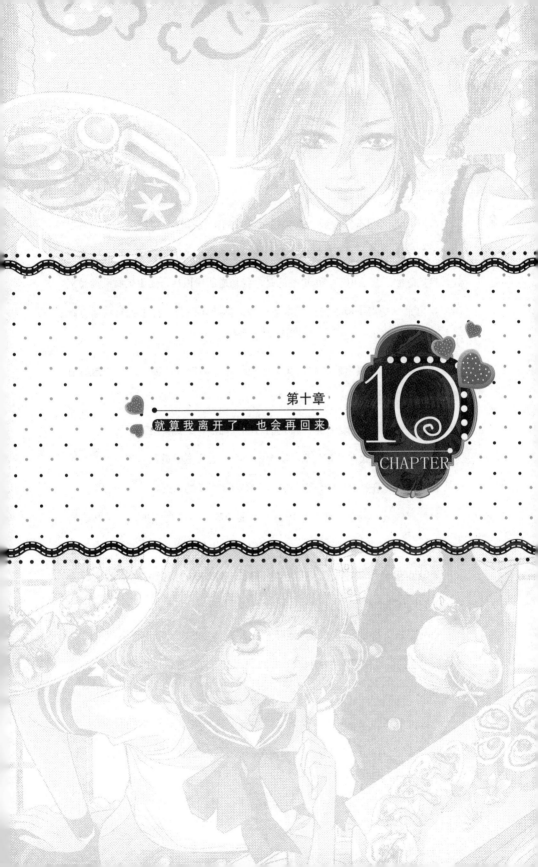

第十章

就算我离开了，也会再回来

10
CHAPTER

哎呀，怎么回事？今天一直频频出错，搞得我都快要崩溃了！这道菜已经炒了第三次，第一次辣椒煳了，第二次没放油就把菜倒进去了，而这一次，我直接把陈醋当酱油用了。可更怕的是，我知道放错以后，还手忙脚乱地想把陈醋捞出来，结果不但手指被烫出了一个血泡，还因此一挥手把整瓶醋打翻了。

闻着呛得人流眼泪的醋味，我一边把炒坏的菜倒进垃圾桶，一边想着前几天千允澈说的话。

鹿鸣野是不是真的会在某个特定的时间、地点，突然就消失了？

郝甜甜，你到底在乱想什么？脑海中一个声音突然喝道。

我回过神，赶紧甩甩头，甩掉脑海中和做菜无关的东西。

呼气，吸气，呼气，吸气，冷静，我要冷静……可是，我就是没办法集中精力怎么办？每次做菜的时候，我都会不由自主想到鹿鸣野的事。

"郝甜甜！"就在我郁闷不已的时候，鹿鸣野的声音突然从我身后传来，"又炒坏了？"

鹿鸣野眉头紧皱，不可思议地盯着我看了一会儿，无奈地说道："浪费东西是可耻的，你知道吗？每种食物都有自己的灵性，你这样浪费它们，就不怕遭报应吗？"

"我也不想的……"我握着刀继续切菜，早知道就该多切几份，以备不时之需。现在好了，一道菜来来回回做第四次了，就这样切啊切，炒啊炒，倒啊倒，一直失败，我都没有信心了。

"如果这次再做不好，我可不会因为你是我媳妇就手下留情哦！"鹿鸣野的话音未落，我手一抖，手中的刀滑了一下，而先前切好的鱼肉就这样被我无情地从中间划了一刀。

我的头上滑下三根黑线，我郁闷地看向鹿鸣野，只见他的眉头拧成了一个"川"字。

"做料理最忌讳心不在焉，如果你有什么事不妨说出来。"鹿鸣野握住我的手，把刀放在一旁。

说出来有用吗？说出来就不会再纠结了吗？

我低头看着鹿鸣野抓住我的手，心头一股暖意慢慢弥漫开，再三犹豫，还是决定把自己的担忧说出口。

"确实有点儿小心事。"我伸出食指和拇指，拉开一点儿点儿距离，比画了一下，有气无力地说道，"我不知道你是从哪里来的，也不知道你是怎么来到这个世界的，我好怕有一天……比如我一觉醒来，你就突然消失了……"

"这就是你不专心的原因？"听完我的话，鹿鸣野眉毛一挑。

看着鹿鸣野深邃的像大海一样的双眼，我紧张得都不敢呼吸了，小幅度地点点头。

"对不起，现在明明有更重要的事情要去做，可我总是没办法静下心……"

"笨蛋！"鹿鸣野伸手在我头上弹了一下，笑道，"你就因为这点儿小事而分心吗？"

"小事？"我不可思议地看向鹿鸣野。如果他真的消失不见了，这难道

也算是一件小事吗？

"郝甜甜！"鹿鸣野伸手又送了我一个爆栗，赶在我抗议之前，严肃道，"你给我听好了，无论将来会怎么样，无论我会不会离开，就算是我离开了，你也要相信，我一定会回来。"

"为……为什么？"鹿鸣野极为认真的回答让我一愣，我下意识地反问。

"因为……"鹿鸣野伸手捋了捋我耳边的头发，此时，窗外阳光明媚，细碎的光芒洒在他的眼中，像是一潭春水，几乎将我溺死，"因为这个世界上有我最珍惜的人，所以，你现在就放心地把全部心思都放在比赛上吧，怎么说，你可是我鹿鸣野亲手教出来的徒弟，要是轻易被别人打败的话，我不是太没面子了？更何况，你还是御厨世家未来的媳妇……"

鹿鸣野的话就像是一首催眠曲，而我则是被他成功催眠的人，所有烦闷瞬间全无，然后原地满血复活，只为了那一句"这个世界上有我最珍惜的人"。

我大手一挥，再次激动地往砧板前冲去，不料，身后忽然传来鹿鸣野的痛呼声。我扭头一看，只见他正捂着鼻子，哭丧着脸，可怜巴巴地看着我。

糟糕！我不好意思地吐了吐舌头，赶紧低头道歉："不好意思啊，刚才一时太激动，不小心打到你了……"

"你要是速度再快一点儿，我英俊的脸就要毁容了！"

鹿鸣野这个家伙，以后一定要控制他看电视剧的节奏，要不然什么词都学会了，还让别人怎么混啊！

打定主意后，我一边飞快地切着菜，一边想着这道菜是不是可以换点儿别的调味料。终于，在我的试验之下，在鹿鸣野那张刁钻的嘴的品尝之下，他出乎意料地朝我竖起了大拇指。

"果然是我的媳妇，有做菜天分！"

"别一口一个媳妇的！你确定比之前的好吃？"

"嗯。"鹿鸣野又夹了一块鱼肉，点点头评价道，"因为你的改进，味道更鲜美了，最主要的是，把鱼的鲜味都调出来了，比以前只有酱香的味道要强上许多倍。"

"所以，你可以给我满分了？"我等待着学做料理以来的第一个满分。

"顶多八分啦！"

"什么？八分？"

"是十分制的，本来最多只能给你打五分的，因为你浪费了那么多次机会，糟蹋了那么多材料，时间上早就超过规定了。还有，你心不在焉的态度侮辱了料理，当然啦，你敢想敢做，而且又改进得很成功，所以才给你加两分，还有一分是友情分。我是想告诉你'水满则溢，月盈则亏'的道理，给你更大的进步空间，不要骄傲自满……"

好像说得挺有道理的……我若有所思地点点头，不过，最后的结果到底是满意还是不满意啊？

"媳妇！"在我歪着头努力整理思绪的时候，鹿鸣野伸手搂住我的肩，十分得意地说，"看你今天表现这么出色的分上，我决定放你半天假！"

"你是说今天的练习就此结束了吗？"

不会吧，平时不是对我横挑鼻子竖挑眼的，就是严格得跟审犯人一样，今天竟然这么容易就让我休息了？

我不可思议地伸手摸向鹿鸣野的额头……温度适中，没有发烧啊。

"媳妇！"鹿鸣野丝毫没有理会我的动作，自然地抓住我的手说道，"我听小丫鬟说，如果两个人谈恋爱的话，就要一起吃烛光晚餐，还有看电影，逛街，买情侣装、戒指什么的，甚至还有的人会去拍纪念照哦！但是这些我们好像都没有做过吧？"

被鹿鸣野这么一说，我才突然想起，自从我们互相确认了关系后，除了整天在厨房被油烟熏，被火烤，握着菜刀叮叮当当，偶尔还会因为做菜的好坏针锋相对之外，情侣间该有的浪漫都没有过。

我望向鹿鸣野，只见他睁着闪闪发亮的眼睛，一动不动地盯着我，那渴望的表情让我不忍拒绝。我正想脱口而出答应他的邀请，脑海中却突然闪过他和刘欢心上次拍照的情景，与此同时，心里某种不平衡的东西正在发酵，成了千百年来山西的名优产品——老陈醋。

"怎么样，我的提议不错吧？"鹿鸣野得意地挑了挑眉。

我瞥了他一眼，不以为然地说道："是还不错，不过是不是太老套了？"

"老套？"鹿鸣野的脸瞬间扭曲了。

"对啊，别人都做过的事情，我们为什么要重复啊？能不能换点儿新鲜的，以表示我们的与众不同？"我边说边看向鹿鸣野，只见他的眉毛很快拧成了麻花。

"我知道了，有一件事别人肯定没有做过！"正当我在心里憋笑时，鹿鸣野突然瞪大眼睛兴奋地说道。

"什么？"

"对诗！"

对诗？

我惊讶得半天合不拢嘴，兄弟，你确定对诗这事我能行吗？

"怎么，你觉得这个主意不好吗？"鹿鸣野看到我一脸茫然时，热情似乎被浇灭了一大半。

"啊，这个嘛，对诗是挺好的，可是我不会写诗啊！"别说写诗了，就算是背诗都有点儿困难，我知道的也就是课本上那几首而已。况且我又不是紫薇，你也不是尔康，对什么诗啊……

"那么……作画？"

画画？这个我倒勉强可以。

然而，正当我准备点头时，鹿鸣野却说道："我觉得拍照的仿真度更高。"

他不说我还没注意，一说我突然想起曾经在网上热议的康熙家族的数字军团，那画功，那质量，二十几岁能给你画成五十多岁……

鉴于各种担忧，最终我还是决定和鹿鸣野一起拍照。我一开始到底是为什么要提出"新鲜"这个要求呢？

"帅哥们，美女们，走过路过的乡亲们，大家请注意啦！大爷大妈看过来，小朋友也赶快留步，在本店周年店庆之际，特意推出'唱歌送拍照'活动，只要您敢唱，我们就敢送……"

就在我和鹿鸣野一人拿着一支甜筒，边逛街边寻找合适的地点拍照时，极为热情的宣传声从路旁临时搭建的活动台传了过来。

　　"小姑娘，有没有兴趣上来唱一首歌？如果唱得好，我们就送照片哦！"见我和鹿鸣野经过，主持人赶紧问道，我看了一眼，活动是一家影楼举办的。

　　听到主持人的话，我心动了，这可谓刚想打瞌睡就有人送枕头啊！而且这可是专业影楼的活动，有专业摄影团队，比刘欢心和鹿鸣野的自拍强多了！这样的话，也算半个"新鲜"吧！

　　一想到这里，我两三口吃掉手中的甜筒，然后点了点头。

　　"小姑娘，你想唱什么呢？"主持人一边引着我往台上走去，一边问道。

　　我示意鹿鸣野在台下等我，想了想，回答道："《遇见》。"

　　我曾经看到过一句话——最美遇见你。此刻，看着台下的鹿鸣野，一种说不上来的感动快速占满了我整个胸腔。

　　如果我做的面包不好吃，如果那天我执意要将鹿鸣野赶走，如果我们从未遇见过，如果……

　　人生有太多的"如果"，但是也有太多既定的事实，正因为我遇见了鹿鸣野，留下了那个无家可归的他；也正因为我遗传了爸爸的优良基因，做着一手的好面包；更因为我有着老妈一样的善良，所以才会和鹿鸣野相遇、相识，乃至相知。这到底是上天的安排，还是上天的捉弄……

　　随着音乐的响起，伴随着那缓缓从心间滑过的歌词，我突然觉得，此刻的我们就像是坐在同一辆列车上，正是因为我不知道鹿鸣野会在哪一站下车，所以更应该珍惜和他在一起的美好时光，努力把握住生活中的点点滴滴，就算以后只剩回忆，也是美好的一面。

"我遇见谁，会有怎样的对白。

我等的人，他在多远的未来。

我听见风来自地铁和人海，

我排着队，拿着爱的号码牌。

我遇见你是最美丽的意外……"

直到唱完最后一句，我才如梦初醒地把目光从鹿鸣野的身上收回。就在这时，主持人的声音再度响起："哇，唱得真是太棒了！把我们台下的观众都唱哭了……"

听到主持人的话，我刚想说句"这马屁拍得太厉害了"，转眼一看，真的有个女生站在台下，满脸都是泪，紧接着，台下响起了掌声。

不会吧？我什么时候有这样的本事了？台下的观众，你们不会是托儿吧？还是说我太真情流露了？

正当我飘飘然时，主持人再次开口："恭喜郝甜甜小姐，顺利拿到免费拍照的特权。"

闻言，我不敢相信地看向鹿鸣野，发现他此刻也正看着我，笑得温柔宠溺。

不行了，杀伤力太大了，我的双眼都要被闪瞎了……

"你今天的表现真是太棒了！"我走下台后，鹿鸣野笑道。

"那是当然！"我挑了挑眉得意地说道，"有我这样的女朋友，你该感到荣幸才对！"

　　"必需的！"鹿鸣野豪情万丈道，"今天的比赛简直就是给美食大赛第一名热身，有了这个好兆头，你不想拿第一都难！"

　　"什么好兆头，你这是迷信。"一说到美食大赛，我整个人又热情澎湃起来，"不过，你真的觉得我可以拿第一名吗？"

　　"废话！"鹿鸣野没好气地送给我一个爆栗，"我亲自带出来的徒弟，不拿第一没天理啊！"

　　就在我们说笑之时，店员已经拿着相册让我们来选风格了，鹿鸣野快速翻了一遍，然后皱着眉头问道："有没有那种拍下雪天的场景？"

　　下雪天？我的嘴角抽了抽，这天气拍下雪天的场景是不是有点儿困难啊？而且影楼和摄影棚还是有一定差别的！

　　"我们可以后期制作……"店员笑眯眯地说道。

　　鹿鸣野若有所思地点了点头："那就定一套下雪天的……"

　　选完照片，店员又带我和鹿鸣野去试衣间选衣服。

　　"没有黑色的羽绒服？"左挑右拣后，鹿鸣野问道。

　　"不好意思，客人，我们这边没有黑色的羽绒服……"店员愣了愣回答道。

　　黑色的羽绒服？拜托！我没听错吧？哪有人来影楼选羽绒服穿的啊！你以为是百货商场啊！不过，为什么我总觉得鹿鸣野的要求有点儿熟悉呢？下雪天，还指定黑色的羽绒服……我想起来了！这不就是我上次和千允澈拍广告时的场景还有服装吗？

　　回忆起当时鹿鸣野的表情，我现在才反应过来，原来他当时并不是吃错东西了，而是吃醋了！嘿嘿，原来这家伙也会吃醋呀……

　　"不过我们有黑色的汉服，像您和您的女朋友刚好可以穿情侣装。"见鹿鸣野眉头紧皱，店员赶紧补充道。

　　"可是……"

　　"就这个吧！"鹿鸣野还想说什么，我连忙应下来，然后转过头对他说道，"近几年汉服很火呢，我一直没机会穿，特别想试一试，这可是我们古代的服装哦。鹿美男，你就满足一下我的好奇心吧！"

　　也许是我难得主动温柔一次，鹿鸣野当即答应了我的要求。

　　有人说，每个女生都有一个公主梦，有人说，每个男生都有个英雄梦，也有人说，英雄救美的情节永不过时……所以，当我换好装，走出试衣间，看到早已站在布置好的场景中的鹿鸣野时，忽然有种不知今夕是何年的感觉，脑中走马观花般闪过无数古装剧情节，而眼前的人就是来解救我于水深火热中的英雄。

　　白色的幕布前，鹿鸣野身穿黑色汉服，一头长发柔顺地披散在脑后，而他身旁则是一棵做装饰用的假梅花树。然而在灯光的照射下，那棵树似乎变成了真的，而我似乎也在空气中闻到了淡淡的梅花香。

　　"鹿大人。"走近后，我笑意盈盈地说道，故意用了这个文绉绉的称呼。

　　我从试衣间出来，鹿鸣野一直盯着我，直到我率先开口叫他，他也半天没开口。

　　"怎么了？"我低头看了看自己的装扮——与鹿鸣野配套的红色汉服，原本的短发也被收进了长长的假发内，还编了个好看的发髻，插着简单却不失精致的发簪，"店员说黑色的那套被人租走了，所以只有红色的了，不好看

吗？"

"不是……"鹿鸣野轻声说道，牵起我的手吻了吻，"是太好看了，就像是成亲的时候……"

"什么成亲的时候，现在叫结婚！"鹿鸣野太过深情的目光让我忍不住脸红心跳，我假意反驳道。

"好，结婚，不过我还是更喜欢'成亲'这个词。"

"为什么？"

"成亲，成亲，就是说两个人成为亲人，执子之手，与子偕老……"

"执子之手，与子偕老？"

"嗯，执甜甜之手，与甜甜偕老。"

说实话，鹿鸣野说的这句话我不是没听过，但是无论哪一次的感触，都没有他跟我说时来得浓烈，就像是喷薄而出的火山，炙热到烫伤我的眼，以至于眼泪汹涌而出时，我自己都没发觉，只是隐约听到摄影师大喊："快拍快拍！就是这个表情！"

是啊，大千世界，能找到一个自己喜欢又喜欢自己的人多不容易，更何况鹿鸣野还跟我不是一个世界的。虽然我嘴上不再说担心的话，但是现在的每一天对我来说都是最后一天。

"鹿先生，您看看还有什么要求吗？"第一套照片拍摄完毕，摄影师指着已经加好特效的照片兴奋道。

听到摄影师的话，我朝电脑望去，只见照片上原本纯白的幕布被换成了西湖的雪景，在一片冰天雪地之中，落雪纷飞，我和鹿鸣野站在一株梅花树旁，他一手牵着我，一手帮我拭去脸颊旁的眼泪，低眉浅笑；而我则微微仰头望向他，脸上的表情又哭又笑，像是喜极而泣。在照片空白的地方，还有一行字——执子之手，与子偕老。

"没什么要求了，很好！"鹿鸣野笑道。

"是这样的，鹿先生，如果可以的话，我们想把这张照片挂在店门口……"

"挂在店门口？为什么挂在店门口？你们不是说拍照是免费的吗？难道还要通缉我们？"

"当然不是啦！"眼见鹿鸣野皱起了眉头，老板立马解释道，"我们之所以想挂在门口，是因为这张照片太好看了，想吸引更多的顾客！"

通缉？鹿鸣野这家伙的想象力也太丰富了吧？不过在古代，挂画像好像还真没什么好事。

一番解释后，鹿鸣野再三确定我和他不是被"通缉"了，才同意了老板的要求。

第二套照片的拍摄地点定在一家漫画店，不知道为什么，我总感觉漫画店的老板笑起来的时候很像鹿鸣野。

唉，肯定是幻觉！

鹿鸣野在这里举目无亲的，怎么可能有人跟他像？

这一次的拍摄也很顺利，不像之前的煽情路线，这一次走的是欢快路线。但是鹿鸣野显然误解了"欢快"的意思，他竟然把我像麻袋一样甩来甩去。虽然蛮刺激的，可我真的很晕！不过，幸好鹿鸣野还有点儿良心，等到中场休息的时候，他主动提出帮我去买饮料的要求，还顺便向老板借了几本漫画书给我打发时间。

坐在椅子上，我随手翻阅着鹿鸣野给我借来的漫画书，突然，一本名为《中华萌厨》的漫画书吸引了我。

这封面上的人物和鹿鸣野的那一套衣服也太像了吧，而且这本漫画的主角也跟鹿鸣野很像！就连名字……天啊！这本漫画主角的名字也叫鹿鸣野？等等！漫画背景是什么来着……天元朝？怎么可能！

看到这里，我的背后顿时升起一股寒意，甚至连汗毛都竖起来了，心跳声更是像鼓鸣般，震得我耳膜发疼。

深呼吸，强迫自己镇定下来后，我继续颤抖着往下看。

为什么里面主角的身世描述也和鹿鸣野那么吻合？

我抑制不住心底的恐惧感，一咬牙，快速地翻遍了全书，直到看到最后一页——

漫画中，男主角跟爷爷因寻找美食出海，结果不小心遇上海啸，不过幸运的是，等海啸过去后，大家并没有受伤，除了男主角失踪了。漫画的最后一格，男主角的爷爷望着天空说，这将是一场真爱之旅，为了让男主角找到美食的真谛，只有当男主角心中有了真正的"爱"，才能成为御厨世家的接班人，而到时候，只要男主角再次拿起厨具，就能回去。

有爱……接班人……厨具……回去……

看完这段话，我整个人就像被雷劈到了一样，脑中嗡嗡直响，同时，一个大胆的猜测浮现在我的脑海中——我所认识的鹿鸣野，该不会是漫画中的鹿鸣野吧？

可能是事实的猜测让我在接下去的拍摄中一直魂不守舍，像是个木偶般任由摄影师摆布。每次看到鹿鸣野，我脑中就不由自主地想到那本叫《中华萌

厨》的漫画，之前赶在鹿鸣野回来前，我已经把漫画收到最角落的地方去了。

他们不会真的是一个人吧？哈哈，怎么可能！这也太夸张了，不过"穿越"这个假设也夸张啊！不会的，肯定只是巧合！竟然还说什么心中有了真正的"爱"，再次拿起厨具就能回去，你以为是月光宝盒啊！哈哈，真是太搞笑了……可是，他的"特异功能"又是怎么回事？还有身份经历的描写……完完全全和漫画中描写的一样啊！

难道鹿鸣野真的来自那部漫画？那么，他是不是已经了解到了美食的真谛，心中有了真正的爱？他是不是快要回去了……

连续几天，脑中杂乱的思绪压得我几乎不能呼吸，尽管给自己做过无数次心理建设，但当我得知鹿鸣野要离开时，那份不舍和难过却丝毫没有减少。

我总是忍不住，一遍又一遍地想，如果鹿鸣野走了，他真的还会回来吗？

"怎么啦？"鹿鸣野不知道什么时候出现在厨房，一边卷起袖子，一边说道，"今天我们来做花菇鸭掌！"

看着鹿鸣野手上的菜刀，我猛地惊醒，想起那句"只要再次拿起厨具"……

厨具！对，厨具！不能让他再次拿起厨具！

"不如这样吧！"我忙夺下鹿鸣野手中的菜刀，傻笑道，"你来说，我来做，总不能每次都要你先做一遍，这样太麻烦了。你只要在旁边看着，如果有什么不对的地方，你指出来就行。"

"你最近的熊猫眼很严重呢！"正当我冠冕堂皇地找理由时，鹿鸣野突然打断我的话。

"我紧张嘛。"我的嘴角抽了抽,好一会儿才从愤怒中恢复过来。

淡定淡定,无视他这个口无遮拦的家伙!

"那你还是去休息吧,我给你做点儿好吃的补补!我可不想为了一个比赛,让我媳妇这么受罪,大不了我养你嘛!"

"什么你养我啊……"真的是!这家伙最近是不是看多了偶像剧,动不动就说甜言蜜语,"我不累!我一点儿都不累!"

天啊!我一不留神,这家伙又差点儿拿起勺子了!

看到鹿鸣野的动作,我吓得整颗心都跳到了嗓子眼。

"那我洗菜吧,总不能让你一个……"

"啊!洗菜这种小事也交给我吧,你只要搬张椅子跷着二郎腿,动动嘴,抬抬眼皮就好了!"

"那……我真不帮你了?"

"嗯,不用帮!完全不需要!你应该放手让我去茁壮成长!不经历风雨,哪能见彩虹!"

"那好吧……"

见鹿鸣野终于放弃"帮我"的念头,我长舒一口气,伸手抹掉额头上的冷汗。

真是太惊心动魄了!

就这样,在接下来的几天里,只要鹿鸣野一出现在厨房,或者往厨房走,我就紧随其后,生怕他去碰厨具什么的。虽然鹿鸣野对我终于黏他了表示很开心……

呜呜呜……怎么办,都怪那本漫画,搞得我现在整天心神不宁、疑神疑鬼。

在这样紧张又诡异的气氛中，"美食大赛"的决赛终于到了。

一大早，千允澈和刘欢心便打着横幅来我家替我加油，不过我们准备出发的时候，鹿鸣野说他肚子痛，让我们先走，然后到了半路上，刘欢心又说她有重要的东西忘记在家里了，非拿不可。

"这两人事可真多……"看着扬尘而去的刘欢心，我的额头上滑过三条黑线，说完，我又望向千允澈问道，"允澈，你该不会一会儿也有事要走吧？"

千允澈被我这么一问，无奈地笑道："放心吧，我今天跟欧阳他们说好了，就算是有天大的事，也要等你拿了第一名之后再去！"

"那可不行，我拿了第一名后，你还要替我庆功呢！"

"好！"

四人行变成两人行，我和千允澈来到比赛场地后，仍迟迟不见鹿鸣野和刘欢心出现。眼见比赛就要开始了，我急得原地直跺脚。

鹿鸣野这个家伙，今天早上把红丝巾系到我手腕上时，还说会一直在台下替我加油，结果到现在还不来！

"甜甜！"就在我不停地张望的时候，千允澈叫住了我，然后塞给我一颗巧克力，笑道，"我妈妈说，她以前还没有被大家认可的时候，每次去参加比赛，都会吃一颗巧克力，来安抚紧张的情绪。"

千允澈的妈妈？我的偶像陈秋老师？

看着手中的巧克力，我睁大眼睛问道："真的吗？"

"当然是真的啦！我什么时候骗过你？"千允澈揉了揉我的头发，接着

说道，"我小时候一到考试就紧张，还因此生过病，简直就是考试恐惧症，哈哈！后来妈妈教了我这个方法，至于结果嘛，你现在也看到了，你应该没听过千允澈因为参加考试而紧张得病倒之类的消息吧？"

千允澈一番话说得幽默风趣，瞬间打消了我心中的紧张和不安。

"郝甜甜，郝甜甜，该你上场了！"就在这时，工作人员跑过来喊我上台。

"尽力而为，不要给自己太大压力！"千允澈伸手拍了拍我的肩。

"嗯！"我点点头，然后快速剥开巧克力扔进嘴中。

郝甜甜，加油！不要忘了，你的入场券可是千允澈借用他妈妈的名义弄来的！而你的厨艺则是身为"御厨世家"一员的鹿大人教出来的！为了留住老爸一生的心血，为了留住老妈美好的时光，一定要拼尽全力！

我暗暗握拳，跟着工作人员入场后，在指定的位置站定，看了眼坐在台下的千允澈，微微一笑，用口型说了个"谢谢"。刚说完，主持便开始倒计时，我只好收回心思，把所有注意力都集中到料理上……

"砰！"正在我全神贯注于手下的料理时，大门突然被人推开，我抬头飞快地瞥了一眼，看到刘欢心提着一个保温桶跑了进来，但是在她身后没有鹿鸣野的身影。

我告诉自己要集中精神，不然待会儿鹿鸣野来了之后，看到我三心二意的模样，肯定会生气。可是我无法控制自己的目光不向大门口飘去，然而，除了工作人员，再也没人进来。

没有见到鹿鸣野，我心中涌起不安，目光也情不自禁追寻刘欢心而去。只见刘欢心神色慌张地跑到千允澈的面前，两人不知道说了些什么，千允澈顿时脸色一变，目光像是烙铁一样向我投来。

轰隆隆——轰隆隆——

心中的不安无限扩大，像是一座大山，来势汹汹，直压在我心头，又像一枚重磅炸弹，在我的脑中快速炸开。

顿时，我只觉得难以呼吸，眼前的景色也变得模糊起来，周围的呼喊声尽数化为嗡鸣声。只有一个声音不停地在我耳边响起——再次拿起厨具，就能回去！

"天啊，不好了！郝甜甜把自己的菜打翻了！"随着"哐当"一声巨响，主持人连声惊呼，"时间马上就要到了，重新做的话，她还来得及吗？估计她今天要与第一名失之交臂了……"

食材打翻了？好一会儿我才回过神，看到散落一地的食材，又往台下望去，见刘欢心和千允澈也焦急地望向我。我突然心头一震，想起鹿鸣野之前说过的话。

就算是回去了，我也会回来的……因为这里有我最珍惜的人……

我深吸了口气，伸手摸了摸脖间的玉佩，一种坚定的信念袭上了心头。我快速整理好自己的思绪，对着台下的刘欢心和千允澈做了个"OK"的手势，开始重新准备料理。

没错，时间快来不及了，重新做一份确实时间不够，不过……

"蛋炒饭？"看到我最后拿上来的作品，评委因为惊讶而张大嘴巴，几乎能塞进去一个鸭蛋。

"没错，就是蛋炒饭。"我微微一笑，"曾经有人跟我说过，一道菜最重要的不是它花哨的外表有多吸引人，而是料理本身的味道。一道成功的料

227

理，最终能让人回味无穷，并不是它的设计，而是它的味道！时光会冲淡我们对于料理本身的印象，却冲不淡料理留给我们独特的味道。因为那些味道，本身就是属于料理独一无二的记忆。"

"小姑娘说得不错，这话挺有道理的！"一位评委讲道，"而且，这盘蛋炒饭从色彩搭配上来看，极为讲究，可以称得上秀色可餐。"

"话是这么说没错，但也太简单了！"另一位评委反驳道。

"这个世界上没有简单的料理，只有故意复杂化，然后哗众取宠的人！"

"照你这么说，那所有厨师的刀工都不用练了！"

看着三个评委因为我的一盘蛋炒饭各持己见，争论不休，差点儿就要起身肉搏了，我默默地望向一旁的主持人。

主持人见状，立马出面打圆场道："三位评委都说得很有道理，不如我们先试试味道再做决定吧！"

闻言，三位评委停下争执，然后齐齐拿起勺子。

与上次不同，此时的我在等评委点评的期间，没有一丝紧张或者不安，因为我知道，我会成功。

鹿鸣野，你是不是也因为知道我会成功，所以故意不来？你怕我太骄傲，怕我在你面前炫耀……你怎么这么小气呢？

"果然，味道就是料理独一无二的记忆……"第一位对我表示支持的评委开口道，"我突然想起跟我妻子第一次相遇时吃过的豆花，如今她去世多年，幸好那家小店还在，每当我想起她，我就会去那里吃上一碗我们当时吃过的豆花……"说着说着，评委已然泪眼蒙眬。

"我收回我之前的话。"之前反对我的评委也说道，"这不是一碗简单的蛋炒饭，作为一个厨师，最重要是对料理本身味道的处理，不得不说这是一份包含所有美好回忆的料理。"

经过评委一一点评后，我毫无意外地得到了"美食大赛"的第一名。站在领奖台上，我依旧不自觉地将目光移向门口，虽然心中隐隐约约有了某个不祥的答案，但我还是希望那个答案是错的，希望那个我熟悉的身影会突然出现在门口，然后笑着说"傻瓜，你又胡思乱想什么"。可是，直到颁奖结束，直到我走出比赛现场，他也没出现。

"鹿鸣野呢？"我紧握着手中的奖杯，强迫自己露出轻松的笑容，看着刘欢心问道。

"鹿……鹿大人他……"刘欢心结结巴巴地说不出来。

"他不会在家里替我准备庆功宴吧？这家伙，他可是和我说好会在现场给我加油的。"说着，我扬了扬绑在手腕上的红丝巾，但是眼泪不由自主地流了下来，"哎呀，刚才炒饭时切了好大一个洋葱，呛得我眼泪都流出来了，没事没事！"

"甜甜……"千允澈有些看不下去了，"鹿鸣野他……"

"既然他在家里替我准备庆功宴，那我们赶快回去吧！不然他肯定会偷吃的！"我赶紧打断千允澈的话。

"甜甜！"千允澈一把抓住我的手，强迫我面对他，我看到他眼里满是悲伤，"鹿鸣野……走了……"

"走了？他在这里无亲无故，能去哪里？允澈，你别开玩笑了……"眼泪像是雨水般肆意流过我的脸颊，我心中的猜测也越发清晰，但我自欺欺人地

不想相信。

"甜甜,对不起!"刘欢心哽咽道,"我……我和鹿鸣野约好,说要给你一个惊喜,所以……所以我们才会各自找理由离开,然后再一起过来的……可是,可是不知道怎么回事,鹿大人明明在做汤,但是他刚把汤装进保温桶,他就……就突然消失了!呜呜……我真的不知道发生了什么事情……"

消失了,消失了……鹿鸣野消失了……

刘欢心的话像是给了我最后一记重击,打得我晕头转向,我只觉得四肢无力,手中的奖杯也滑落在地。

"甜甜,这……这是鹿大人给你做的汤,他说……他说这汤的名字叫甜言蜜语……他希望天天都能跟你说甜言蜜语……这样,这样你才能知道他有多喜欢你……"

话说到最后,刘欢心的声音已经哽咽得不成样子。我接过她递过来的保温桶,慢慢打开,顿时,诱人的香味朝我袭来。

"既然是他给我做的,我不喝怎么行呢……"说完,我抱着保温桶就把汤往嘴里送去。

闻起来,这应该是道甜汤,可为什么入口的味道这么苦呢?

鹿鸣野,你这个大骗子,大浑蛋,还说什么执子之手,与子偕老,你给我回来!我一定打得你流鼻血,浑蛋!大浑蛋!

"甜甜,你别喝了!"突然,千允澈把保温桶从我手中抢走,与此同时,透过路旁的玻璃,我看到了自己哭红的双眼。

原来是泪啊,所以才苦……

"鹿鸣野,你这个浑蛋,你不是说你一定会回来吗?你来啊!我就在这里等着你，你来啊！"我无力地瘫坐在地，此时的我也管不了地上脏不脏，或者行人会用什么样的眼光看我，因为全世界，我要等的那个人已经走了、消失了……

消失？对了！

电光石火间，一个画面快速在我的脑海中闪过——漫画店！

"甜甜，你要去哪里？"我猛地起身，一路狂奔，千允澈和刘欢心在我身后追赶着。然而周围太过拥挤，漫画店的位置也比较偏僻，不一会儿，他们就隐没在人群中了。

我一路狂奔来到了漫画店，往我上次藏漫画的地方找去，但是奇怪的是，我怎么也找不到我藏起来的那本漫画了。

怎么回事？我上次明明放在这里的，怎么不见了？到底去哪里了？呜呜……鹿鸣野不见了，那本漫画也不见了！

"老板，老板！"我一边搜索着书柜，一边歇斯底里地喊着老板的名字，哭得上气不接下气，然而始终找不到那本叫《中华萌厨》的漫画。我甚至连天花板都看了！

"小姐，怎么啦？"正当我几近绝望，快要号啕大哭时，一个声音在我背后响起，"有什么需要帮忙的吗？"

"我前几天在这里看到一本漫画，可是现在找不到了……呜呜呜……为什么会找不到了……"

"是哪一本？"那人好奇地问道，"对你很重要吗？"

"重要！很重要！"我就像溺水的人突然抓到了一根稻草，赶紧说道，"《中华萌厨》！"

"哦，是我画的，但是还没结局，准备这几天把后面的结局补上，所以前几天拿回去做参考了。如果你喜欢，等我画完后拿给你看……"

把结局补上！要怎么补？可以让鹿鸣野再回来吗？

听到对方的回答，我猛地抬起头。

此时，夕阳西下，金色的余晖像是梦幻的曲谱，空气中的尘埃翩翩起舞，站在我面前的人，一半身子笼罩在金色的光芒之中，一半身子隐匿在阴影下，像是从漫画中走出来似的。虽然他留着短发，穿着普通的白衬衣和黑色长裤，以及球鞋，但是……但是这张脸，不，由于光线的问题，我只看清他半边脸，可尽管如此，在看见他的第一眼，我立马就安静下来了。

世间如若有一种巧合，

我只希望这种巧合像梦一样，

带着翩飞的翅膀，

遨游于九天。

如若我们的遇见是上天的安排，

请让这相遇来得更早一些，

我愿用所有的光阴，

来换你最美丽的笑容。

呜呜呜，真是太好了！上帝一定听到我的呼唤了，我的鹿鸣野，他居然又回来了。

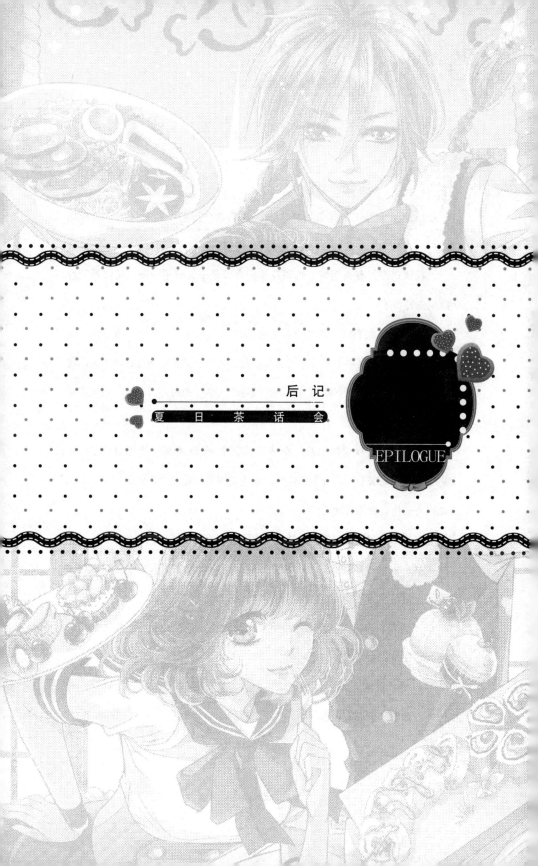

后 记

夏 日 茶 话 会

EPILOGUE

夏日的某一天，某作者诗兴大发，邀请几个好朋友前来拼诗饮茶啃面包。

"秋风送爽，春光明媚，鸟语花香，今天是个好日子……"某作者笑容满面地先开口了。

作为被各种金手指大开过的女主角郝甜甜，一边冒冷汗，一边感慨，真是世风日下，连春夏秋冬都分不清的家伙是怎么写书的啊！不过感慨之余，也不由得有些了然，怪不得她的另一半鹿鸣野会人格分裂得那么严重，原来都是这个作者的问题啊！

和郝甜甜有一样觉悟的就是本书的男二号——千允澈，怪不得自己当不上男主角呀，原来不是自身不够优秀，也不是因为明星这个职业出镜率太高，而是因为某作者逻辑有问题。

想到此，千允澈立刻眉开眼笑，挺直了脊梁，满饮了一大杯苦丁茶。

"呕——"后知后觉的千允澈数秒之后，终于发出了人生中第一次毫无形象的大喊，"这是什么？你确定这是给人喝的吗？"

正在努力往嘴里塞面包的鹿鸣野猛地抬起头，不悦地扫了一眼千允澈："谁允许你抢我台词的？"

"哎呀，鹿大人淡定点儿，淡定点儿！"刘欢心立刻狗腿地以手当扇子，用力给怒火中烧的鹿鸣野扇风，"抢就抢了吧，咱还可以卖萌耍帅，他能吗？"

鹿鸣野若有所悟地点了点头，伸手扯了扯刘欢心头上的"小包子"，而后笑眯眯地说道："小丫鬟说得有理，赏！"

刘欢心双眼亮晶晶地问道："赏什么？"

"拉面！"

拉拉拉……拉面？

刘欢心嘴角抽搐，能不能换一种啊？拉面再好，吃多了也会想吐的好吗！她可不想一辈子都被拉面缠上啊！

可心情颇好的鹿鸣野完全不理会刘欢心的抗议，继续低头啃面包。

某作者怒了："你们还有没有一点儿公德心啊，竟然在这么激动人心的时刻开小差，都拉出去砍一百遍！"

"真是要怒了！"被拉面弄出一肚子火的刘欢心双眼冒火，双手叉腰，大嗓门地吼了起来，"真是忍你很久了，你说我哪一点不好，竟然不让我演女主角。谁不知道，丫鬟是最近最流行的一个角色啊，什么麻雀变凤凰，什么翻身把歌唱，说的就是我们这些丫鬟，那个面包店的有什么了不起的，不就是会做面包吗？搞得很神秘似的……"

无故被烧到的面包皇后郝甜甜一下子跳了起来："刚好，我不想做这个女主角很久了，谁能受得了一个精神分裂严重、动不动就狂暴打架的男生啊！再帅能当饭吃吗？"

"既然女主角不干了，我们大家都散了吧！"一向老好人的千允澈恢复了优雅淡定，起身和大家挥手道别，"我还要去片场呢，各位，下次有时间再叙吧！"

"哎呀，面包好像吃完了，我对别的东西都不感兴趣，小丫鬟，我们也

走吧！"

鹿鸣野说完，拉着刘欢心"咕噜咕噜"滚远了……

"喂，喂，你们都给我回来……"

Merry 游行记

下个星期去旅行

菜菜： "你看过了许多美景/你看过了许多美女/你迷失在地图上/每一道短暂的光阴……"每每听到这首歌，总会想象出身着长裙、带着单反坐火车远行的某个长发女生。

锦年的《**我们都是匹诺曹**》一书中，陈南希不仅去我喜欢的法国留学了，还在告别青春之际，来了一次令人艳羡的欧洲之行，真是羡慕啊。

为此，**菜菜**我一边看攻略一边打鸡血"发粪涂墙"，正是人间最美四月天，不如先让我带内心**蠢蠢欲动**的各位来一趟**梦幻之旅**。

●安纳西●

坐标：法国

推荐理由：这个就是文中沈旸和COCO一起去登雪山的城市啊（也是出事的地方），不仅拥有仙境一般的景色，还是动画"奥斯卡"——国际动画节的主办地。创立于1960年的动画节不仅是世界最早的动画节，也是名副其实的顶尖动画节。而坐落于安纳西的动画博物馆更是动漫迷们不可不去的朝圣之地。

● 马纳罗拉 ✈

坐标：意大利

推荐理由：这是一个处于悬崖上的小镇。海边的马纳罗拉(Manarola)火车站，站台上就能看到见美丽风景，一路火车翻山过隧道，每到一个车站都是一片豁然开朗的海。五渔村由五个依山傍海的村庄组成，陡峭的山崖、满山的葡萄园、彩色的房子和清澈的海水是这里最大的特色。

福莱巴兹罗斯小镇 ✈

坐标：希腊

推荐理由：小镇中心位于一个200米高的悬崖上，因此在这个恬静的小镇，你所能看到的只是波涛拍打着卵石海滩，山羊在山坡上互相追逐，一架古老的木制风车在海风的吹拂下兀自旋转着。这里没有两层楼以上的建筑，没有躲在港湾码头的游艇，更没有精品店或花哨的餐馆。

● 格塔里亚 ✈

坐标：西班牙

推荐理由：好吃的家伙们的天堂！这里是距圣塞巴斯蒂安24公里的一个巴斯克海港小镇，被称为西班牙的厨房，比斯开湾出产的小鱿鱼和大比目鱼数量惊人，烧烤类的海产品品种繁多。想想都流口水！在这里，你可以挤进牛排店大口嚼牛排，辅以一瓶里奥哈白葡萄酒，还有比格塔里亚更好的去处吗？

✈ 心动了吧?

前面那个垂涎三尺的同学，说的就是你！虽然你没有说走就走的旅行，可是你有说写就写的广告啊，还磨蹭什么？快去发愤图强，争取下个星期就踏出国门——去旅行！

她喜欢了他十年，却在第十年等到了他要娶别人为妻的消息。

他辜负了她最美的年华，她满心欢喜只等到断肠毒药。

于是她恨，她怨，她挣扎，却斩不断对他的爱。

她让自己成为全城人眼里的笑话，发誓要他也一点点尝遍她所受的苦。

三年后，她带着一身腥风血雨归来，爱恨尽头，

他还能见到那年春花烂漫里，三两桃花枝下，一身绿裳的她吗？

"古言天后" + "悲情女王"唐家小主携新作《十年红妆》华丽来袭，请各位美人、贵人、才人自备纸巾擦鼻涕眼泪哦！

号外号外，好消息，特大好消息！

你，也曾经有过那种心情吗？

深深地爱着某个人，以为她（他）会一直在你身边，
可是某一天突然发现，她（他）不再属于你。
那种刻骨铭心的痛楚，无法用世间任何言语描述。
如果你也曾有过默默爱恋一个人长达三年以上而没有结果，
欢迎写下你的内心独白，邮寄给唐家小主，
作者的签名新书，说不定就会从天而降，砸到

你头上啦！

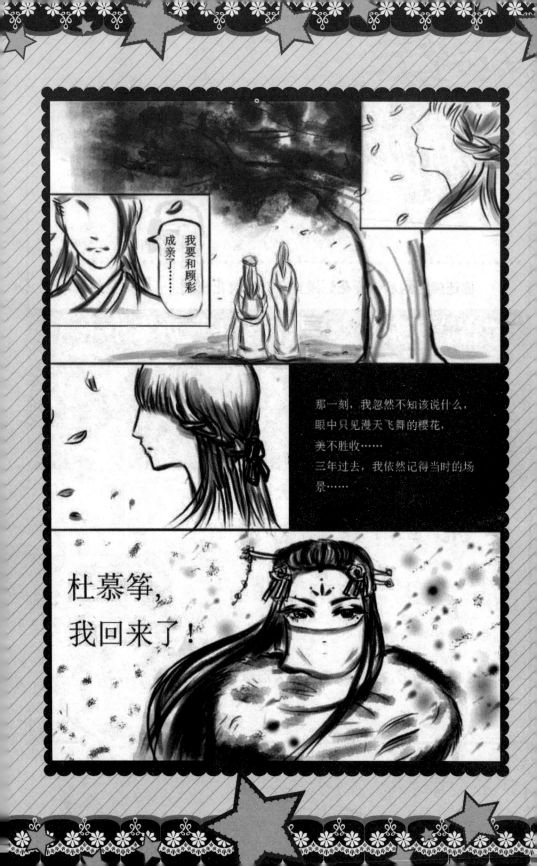

少年美颜秀

魅丽作者豪华变身派对！
草莓多温情演绎花样日常青春剧，
打造史上最爆笑祭典挑战队！

奇葩A：洛夜辰 ★ ★ ★ ★ ★ ★ ★

他是——宇宙中横冲直撞、被视为灾星的恐怖扫把星！

他是——**终结地球命运、妨碍人类前进、绝对要保持距离的人！**

他是——出现在任何地方，都会引起尖叫、逃窜、哭泣、晕倒、跪地求饶……以上几种情况同时发生的可怕生物。

简称：**大魔王！**

奇葩B：艾伦·希尔菲克斯 ★ ★ ★ ★ ★

他——穿着最华丽的宫廷礼服，头戴象征王位的冠冕，勋章与绶带熠熠生辉，西方皇家完美礼仪的至高体现。

他——**宽袍大袖的帝王冕服系列，将高挑白皙的少年包裹在华丽的花纹中，绸缎的晕光在少年的脸庞周围渲染开来，妍丽的色泽与深浓的纹饰烘托着他高贵的气质。**

他——"原来这缓慢得犹如按下暂停键，优雅得叫人产生睡意的舞蹈就是太极拳啊！"

"难道这就是传说中的东方大侠？大侠等等我，我要拜你为师。"

简称：**真·第一王子！**

奇葩C：阿飘 ★ ★ ★ ★ ★ ★ ★ ★ ★ ★ ★

他——**常常像幽灵一样，坐在别人身后一整天都没人注意到，跟传说中"飘来飘去"的"阿飘"高度吻合。**
他——**仅仅只是换上了宫廷礼服，并将额前的长发梳起，竟然大变身！绝美的面容，清秀中略带忧郁的神情，如同画卷里病弱却善良的公爵之子。**
简称：**葬仪社继承人**

超级混乱祭典即将登场，精彩尽在——

《露星春日之绊》

打破"萌系少女"神话，**莎乐美**首部悬疑浪漫校园力作！
一场媲美《咖啡王子一号店》的浪漫传奇！

神秘风暴持续酝酿中！

到底是可怕的谎言，还是苛刻的卖身契约？是最严厉的花美男大考验，还最卑鄙的绑架案？

献上一颗真心，让你脱下隐藏在内心深处的假面！
一次离奇的绑架事件，引爆无数心跳甜蜜炸弹！

心跳跳、惊吓吓、嘉年华！

《心跳假面嘉年华》

真假花美男的伪装人生，爱之终极PK，正在持续进行！
猫小白 · 猫氏梦工厂 · 美少年们的
奇幻漂流

《圣南学院男神团》沐槿熙

【相貌】樱花树下，干净的金棕色碎发在微风中轻轻飘荡，白皙精致的小脸上，唇角微微上扬，露出一个足以魅惑众生的微笑。他的后背仿佛长着两只洁白的大翅膀，正在不停地抖动着，简直是让天使都为之动容的美貌啊！

【身份】圣南学院男神团首领

【奇葩特质】万箭穿心天使、毒舌两面派典型人物

《荆棘花冠》伊夏洛

【相貌】在丝绒般的夜幕中，他就像一尊神秘优美的雕像，身体比例完美到无可挑剔，优雅的风范下蕴藏着深不可测的力量，在远处依稀可见的海平线的映衬下，犹如希腊神话中的海神波塞冬。

【身份】恺撒学院执行委员会技术部部长

【奇葩特质】超霸道强势，闪耀光环下有着一颗极其腹黑的心，以"蹂躏"未末末为乐

《千夜星侦探社》蔺拓海

【相貌】墨黑的头发在阳光下反射出点点光芒，浓密的眉毛像剑一样锋利地插入鬓角，漂亮的眼睛里犹如蕴藏着细碎的星光，睫毛又长又浓密，在脸上投射下迷人的阴影，英挺的鼻梁，坚毅的下巴，薄薄的嘴唇微微抿起，无论从哪一面看都这么完美。

【身份】千夜星侦探社社长

【奇葩特质】脑筋超好的沉默冰山，喜欢收集玩偶和养宠物

下一个男主角会是……

如果你的恋人是一个ET,那该怎么办?

奇怪百变的**完美学院继承人**、不苟言笑的**冰山风纪部长**、元气满满的**肯塔族王子殿下雷恩**——

魅优白金作家猫小白，最新打造——

三百六十种男主角,你最爱哪一种?

最精彩的放肆青春物语,

敬请期待!

小剧场之小学生的逆袭

"陈轩！"

"到！"

一群修行者，正在丹轩小学的教室里排队等候，一个接着一个进行传说当中的期中考试。

此刻，校长史中山叫到了陈轩。

"到陈轩了，到陈轩了。"此刻，听到校长史中山叫出陈轩的名字，人们立即沸腾了。

"听说陈轩是从幼儿园直接跳级升上来的，刚刚修习不到半年，现在都已经有二年级的实力了，十以内的加减，根本难不住他！还听说百以内的加减，他也已经开始涉足，这次期中考试，肯定是难不倒他。"

"是啊是啊，校长也经常夸奖陈轩呢！虽然他才修习半年，但是现在已经有了小学二年级的实力，就算是对上小学三年级的学生，也可以斗一斗，在校长眼中，陈轩可是实打实的天才啊！"

"你们知道吗，据校长说，这次陈轩准备挑战十以内的加减法呢，若他真能从中突破，那么日后前途定当无限啊……"

旁边众小学生们议论纷纷，唯独带着红领巾的陈轩沉默不语，此时，他看着面前的试卷，啃了两下铅笔头，随即开始道出答案。

"一加一等于二。"

"一加二等于三。"

……

"五加五等于十。"

"五加六，等于……"

围观群众纷纷叹息，十以上的加法，是小学一年级初阶突破到中阶的关键，自古以来，不知道有多少惊才绝艳的人，都倒在了这道天堑之前，无法升入中阶。

陈轩刚刚加入丹轩小学，连外门弟子都不是，只是个杂役弟子，要想突破天堑，只能是白日做梦！

然而，就在此关键时刻，陈轩识海中光华大作，混沌异宝"计算器"终于醒来，一道玄之又玄的意念打入陈轩识海！

"十位天堑，给我破！"

终于，在这关键时刻，陈轩的境界突破了！

"五加六等于十一！"

只见天地间无数灵气涌入陈轩体内，正是传说中的境界突破天兆！

围观群众震惊了，要知道加法修炼到十以上，要突破境界，外物已无可助益，只能靠自身悟性突破！纵有数手指秘法，也只能在十以下境界使用！传说中大派真传学子另有一门数脚趾秘术，可以突破到二十以下加法，但那种天级秘传，丹轩小学却是不可能有的！

可不想，陈轩竟然有如此机缘，居然得到"计算器"这一无敌至宝，如此一来，日后就算是突破一百以内的加减法也完全不是难事！

　　"哼！陈轩，别以为你能突破十位加减法天堑就能得意，有本事就与我较量较量！"

　　就在众人唏嘘不已之时，一名身穿蓝色校服的男子从人群中走了出来，他看着陈轩脖子上的红领巾，露出一脸蔑视。

　　看到来人，其他小学生无不面面相觑，因为来人正是毕家的少主毕少玉！

　　要知道，毕少玉可是传说中"高中生"啊，是比小学生高出了两个等级的存在！从小学修到大学，要过三次大天劫，小天劫不计其数。能修到这个阶层的人都是有大气运的，号称"天之骄子"，以一人之力，足可称霸整个小学！

　　对于众小学生们的表现，毕少玉感到很满意，他擦了擦别在衣领上的团徽，笑道："陈轩，你的十以内加减法速算如何能跟我斗？看我用九九大乘法将你击败！"

　　陈轩不以为意："少来，你只不过掌握了黄级功法九九大乘法，我可是学成了玄级功法四则运算啊！"

　　众弟子再度惊诧不已，甚至连校长史中山也向他投来了好奇的目光。

　　想不到，陈轩不但突破了十以内的加减法，还修成了失传多年的逆乘法——除法！若是他能将加减乘除四则合一，那么即便是面对高中生，也完全可以斗上一斗啊！

　　听着陈轩这么一说，毕少玉原本蔑视的神情渐渐变得凝重起来，一丝冷汗从他的鬓角滑落，吧嗒掉在了衣服上。

　　"三九二十七！"毕少玉严肃地看着陈轩，一场乘法最高境界的比拼，也由此展开了！

　　对于毕少玉的发难，陈轩脸上无波无澜，他以最快的速度将自己的手指头数了四遍，最后淡淡回答："四九三十六。"

　　看到这一幕，周围所有的小学生们不禁惊讶得张大了嘴巴，他们怎么也没想到，在如此高境界的数学比赛中，陈轩竟然能在如此短的时间里就得出答案，而且速度甚至比高中生毕少玉还要快上三分！

　　"五九四十五！"毕少玉的脸色不禁有些苍白，他咬了咬牙，提起真气，再次发动了反击。

　　然而，陈轩的声音依旧不冷不热："六九五十四。"

毕少玉怎么也没想到，面对自己的发难，陈轩竟然如此轻易就全接了下来，要知道，此时已经是自己的极限了，若是再强行算下去，他恐怕会气血攻心、暴走课堂！

"七，七九六十……"一丝鲜血从毕少玉的口中流了出来，显然，七乘九的乘法已经超出了他的极限。

"七九六十三，八九七十二……"

趁他病要他命，就在毕少玉指头数不过来之际，陈轩再次爆出两大更高级的数学乘法。

最后，陈轩深深地吸了一口气，用尽毕生功力，大吼而出："九九八十一！"

九九八十一！想不到，陈轩竟然领悟了九九大乘法的最终形态！

扑通！

在陈轩如此强势的攻击下，毕少玉顿时失去了所有防御，直接吓倒在地。

而陈轩也被一群欢乐的小学生们围在了一起，他们拍着手，跳着舞，唱着歌，欢庆着陈轩的胜利。

"陈轩，以你的成绩，现在完全可以跨级进入初中了！"这时候，丹轩小学校长史中山走过来，对陈轩说道。

陈轩摇了摇头："不，初中完全不是我的目标，我想要上大学！因为在大学中，有着一本传说中的《吞天决》！"

"《吞天决》？难道就是那本日销售达到千万的大神级巨作？"史中山不禁惊疑。

陈轩点了点头："是的，《吞天决》是当今世上万年不遇的奇书之一，几何函数、勾股定理、万有引力，各种玄法奥妙皆囊括其中，我若是能有缘得见，日后称霸全国根本不是难事！"

听得陈轩如是说，史中山不禁被逗笑了："陈轩你有所不知，《吞天决》早就已经对外发售了。它共分十卷，每当销量积累到一定程度就会有神秘人推出新的一册。现在第七册限量精装版马上要上市了，书籍做工精美，价格还不贵，你还是赶紧买上一本限量版《吞天决》，先学为快吧！"

陈轩闻言，眼前立即一亮，随即从裤兜里翻出小电脑，登上了支付宝……

三天后，《吞天决》如期送达陈轩手中，陈轩如获至宝，终日苦读，最后终于成为了一代宗师……

致无尽岁月

To Endless Times

安晴 著
AnQing Zhu

哈哈哈!

人见人爱、花见花开的大喇叭又来了!
今天我们玩点刺激的, 好吗?

"趣味大测验", 正在进行时!

■ 首先, 请跟着大喇叭我闭上眼, 深呼吸, 自行在脑海里想象一下北极熊、狼、白马、猫、刺猬和孔雀这六种动物的样子, 再睁开眼, 看看下面的题目, 测测看你在别人眼中究竟是哪种个性。

■ 和朋友一起玩"真心话大冒险"时, 你不幸被点名, 此时给你以下六种选择, 你愿意接受哪一种惩罚?

❶ 真心话, 坦白自己曾经暗恋过谁

❷ 真心话, 自己总共谈过几次恋爱

❸ 真心话, 自己最讨厌的人是谁

❹ 大冒险, 做完所有类型的测试题

❺ 大冒险, 亲吻身边离得最近的异性, 并拍照上传到网络

❻ 大冒险, 做一个高难度的劈叉动作

1 测试结果: 马(参考人物《致无尽岁月》白墨缘)

在异性眼中你就如同一匹温顺的白马。面对爱情时显得很保守, 很怕一不小心就伤害到别人, 总是处处为别人着想, 却忘记为自己考虑。事事考虑周全, 但也容易让人留下爱情胆小鬼的印象。

2 测试结果：狼 （参考人物《致无尽岁月》慕谦）

在异性眼中你就像一匹狼，很勇猛且不服输，为达目的，不惜一切手段，同时也给人很强硬的感觉。从表面上看，这样的女人缺少了一点女人味，这样的男人则充满了大男子主义。

3 测试结果：刺猬 （参考人物《致无尽岁月》白迎雪）

在异性的眼中你就像一只刺猬，总是喜欢竖起全身的刺，动不动就伤害别人。事实上那都是因为你太没有安全感了，很怕自己受到伤害，所以就对人充满戒备。但一旦真正爱上某个人，就会至死不悔。

4 测试结果：猫 （参考人物《致无尽岁月》阎怡）

在异性眼中你就如同一只猫。可爱的外表就已经很讨人喜欢，再加上举止优雅、反应灵敏、善解人意，更是让你成为受异性欢迎的对象。你平时显得斯文安静，但跟你相处久之后就会发现，你其实有着非常活跃的一面，对爱情充满热情。

5 测试结果：北极熊 （参考人物《致无尽岁月》萧彬）

在异性眼中你就如同一头北极熊，外表冰冷，对周围的人和事通常保持一副不闻不问的态度，有些孤僻。然而一旦遇到心仪对象，就会勇敢地向对方表白，排除万难，用行动向对方证明自己的真心。

6 测试结果：孔雀 （参考人物《致无尽岁月》沈珞瑶）

在异性眼中，你就像一只美丽骄傲的孔雀，很容易招来同性的嫉妒。通常拥有很出众的外貌，对待爱情非常谨慎，甚至可以说有洁癖，不会轻易喜欢别人。但其实你很仗义，有一颗包容的心，会为朋友两肋插刀。

大喇叭：小测怡情，可别较真哦！现在赶紧过来瞅瞅大喇叭我千辛万苦从作者大人那里挖掘到的精彩剧情吧！（哦呵呵呵，我是不是很体贴？）

"我要你一辈子都欠着我，这样在以后无尽的岁月里，你会一直记着我，永远也忘不了我！"

——萧彬

"我抢了你的男人，用命赔给你，好不好？"

——沈珞瑶

> 这世上总有一个人，注定会是你此生所爱。
> 这世上总有一个人，注定会是为你受折磨而生。
> 这世上也总有一个人，当他离开后，能让你在此生无尽的岁月里，念念不忘。

霸道的萧彬，就像一头来自冰天雪地里的北极熊，外表冷酷，但一旦动心，就会执着到底；

而默默地守护着阎怡的白墨缘，更像是一匹温顺忠诚的白马，一直到死，都隐瞒自己深爱她的秘密。

如果说阎怡像一只可人的猫咪，轻而易举就得到所有人的万千宠爱，那么白迎雪就像一只刺猬，狠狠地刺伤了所有身边的人。

沈珞瑶则更像一只高傲的孔雀，连死亡都那么决绝和勇敢……

作者大人有话说：写这个稿子可把我害惨了，搞得我一边写一边哭来着（羞涩）。因为这里面有很多关于青春的回忆，有些主角身上可以找到身边一些朋友的影子，所以特别真实，也特别揪心。希望大家会喜欢这个有点悲情的故事。

小编：是啊，这个稿子前后修改了三次，安安总是觉得还可以让它变得更好，于是又回炉，看得出来，她非常看重这个故事。我收到最后一章的时候刚好是12月31号晚上，马上就要迎元旦了，但一直待在电脑边上耐心等着看大结局，结果看完才发现已经凌晨1点多了，自己却哭得稀里哗啦的，满脸都是泪。说起来，身为一个"阅稿无数"的编辑，可不是每个故事都能让我泪花满地流的哦，所以我才敢打包票推荐呢。

互动有奖调查表

姓名: **年龄:** **性别:** **电话:**

地址:

　　欢迎来到魅丽优品的新书新貌新世界！全新的改版，浪漫、诙谐、有趣，种种不同的新书预告和介绍，以多彩多姿的面貌呈现在你的面前。在未来的一年里，我们将持续且创新地在每本书后推出各种精彩新书专栏和展示不同内容，如果你喜欢我们精心创作的这份随书附赠的小小礼物，就请回复我们来支持我们吧。

♥ 你的最爱

1. 本期新书预告专栏中，你最爱的栏目是？（多选题，请在最喜欢的几个栏目后打✓）

　新秀街　　　　　疯狂游乐场　　　　　老友记

2. 本期新书预告专栏中，你最爱的新书是？（请根据你喜欢的栏目内容标明你喜欢的3本新书）

　_____

　_____

　_____

3. 本期新书预告专栏中，你最喜欢的作者按顺序是？（请列举三位）

　_____　、_____　、_____

4. 本期的图和文字，你更喜欢哪一种？（二选一，在选项后打✓）

　图画排版　　　　　文字内容

♥ 线下投票:

　填好以上表格，将它寄回魅丽优品的大本营:

湖南省长沙市开福区黄兴北路89号上城金都南栋21楼　魅丽优品 市场部 收

你100%有机会得到我们送出的礼品一份。

♥ 线上投票:

　如果不想寄信，你可以登录我们的微博和微信进行投票，也有机会得到我们送出的新书一本哦。快来扫一扫，进行线上投票吧！

魅丽优品微博二维码

魅丽优品微信二维码

瞳文社微博二维码

瞳文社微信二维码